U0054832

溶入時間的滄海

陳　本　銘　紀　念　詩　集

陳本銘著

溫柔的磨蝕

——序陳本銘紀念詩集

秋原

在陳本銘去世十二年後才為他出版這本詩集，除了感慨以外，肯定的是他沒有被遺忘。本銘畢生對詩執著，為詩而詩，是一個真正的詩人。他熱愛生命，活得很精彩。

陳本銘祖籍廣東恩平。一九四六年生於越南，在「中法學校」（後改為「博愛中學」）、明德大學唸書，當過教師、籃球教練、記者。上世紀六十年代初本銘開始以筆名「藥河」、「也罷」在越南華文報文藝副刊上發表詩作，也曾以「般若」、「阿野」等筆名發表散文。本銘是越南華文文藝圈的活躍份子，家中幾乎成了文人的聯絡站。一九六八年參與籌劃和出版越南華文第一本現代詩集《十二人詩輯》。一九六七年加入「存在詩社」，直至一九七五年四月北越共產黨攻陷南越，結束越戰前，「藥河」在越南華文文藝圈是一個耳熟能詳的名字。一九七六年他曾當過一年的船員。一九七八年和夫人李美庭結婚，一九七九年本銘被抓去勞改。一九八〇年女兒約緹誕生。一九八九年以人道庇護移民洛杉磯。翌年，本銘與幾位也來自越南的華人詩人方圓、黎啟鏗、區劍鳴、藍采文與陳銘華等創辦了《新大陸》詩雙月刊，推動現代詩運動。本銘也改以本名發表詩作，在九〇年代期間「陳本銘」對美西的華文文藝圈來說，並不算是一個陌生的名字。

一九九四年本銘畢業於洛杉磯技藝學院（L. A. TRADE TECH COLLEGE）美術設計系。然而，同年卻罹患直腸癌而開始接受化療手術。當時他雖然身體衰弱，仍然沒有停止創作，繼續參與詩刊工作和文藝活動，並與《新大陸》詩刊另三位詩人遠方、達文與陳銘華出版了詩集《四方城》，他更為該詩集設計封面。一九九五年中秋，本銘與《新大陸》詩刊其他詩人在洛杉磯「長青書局」籌辦名為「以詩迎月：今夜星光燦爛」的中秋節現代詩朗誦晚會，出席朗誦的詩人有紀弦、鄭愁予、楊牧、葉維廉、張錯、秀陶、陳銘華與本銘本人。除了為朗誦會特刊設計封面以外，本銘更在書局門前別出心裁地設計了一面酒旗，讓當晚的朗誦會更添詩意，可以說是美西華文文藝圈的一次盛會。

本銘自幼親近佛教，關懷弱勢族群，唸中學的時候曾於課餘學習國畫，結識了釋今三、惟日、寧雄幾位青年法師和畫家陳賓陽、張達文等。本銘家中一度成為畫室，經常聚集三五位青年畫家，作畫談禪。他本人擅長文人山水。後來更參與籌組「華宗佛教青年會」、「正覺學校」的創建以及「廣肇醫院」和「崇正醫院」的重建工作，幫助病患與貧困學童，並經常為慈善畫展捐出畫作義賣。本銘也是一位出色的記者，一九七五年初他積極倡議重建堤岸華文公共圖書館，仗義執言。

除了寫詩作畫，本銘在唸書時已是一名籃球健將。畢業後當教師更兼任籃球教練。他一度是越南堤岸的體育會和校際籃球賽的球證。馳騁球場，風頭十足。赴美後，除了愛幫助朋友之外，本銘也熱心參與社會活動，甚至在患病期間，仍然不辭勞苦，竭誠地支持女作家王育梅舉辦的「音樂關懷協會」而寫了一句口號：「我們為您唱一首歌，您為社會付出最崇高的心意。」透過音樂與文藝活動，呼籲有所感動的人士作出奉獻，對當地華人社區的貧病人士提供撫恤。本銘一直與癌病搏鬥多年，他最後一次參加活動是二〇〇〇年九月二十日台灣九二一地震一週年的感恩音樂會，一個星期後不幸於二〇〇〇年九月二十八日因癌細胞擴散，與世長辭。

回溯上世紀六十年代初，由於台灣現代詩的啟發，越南華文現代詩正處於實驗階段，陳本銘已經是極少數早熟的詩人之一。當時的「藥河」似乎比較傾向葉珊、鄭愁予與《蓮的聯想》的余光中，當大家對現代主義趨之若鶩，創新唯恐不及之際，他卻以中國的傳統文學注入現代的精神，一開始便展現自己寓浪漫與古典於現代的中國風。當年的越南烽火連綿，硝煙處處，請看一九六五年他對戰爭的書寫：

這裡沒有茱萸
怎能自卜歸期呢？
故鄉當少去一個我了
在祖先的塋塚前

撫斷碑蒼冷的臉，拭淚
那時候我又不見你又不見你的塋
你的瞑目處有不瞑目的標誌
很多遺棄的甲冑
以及許多靴印
你再不寂寞了
許多流血的故事被原野夜夜講述

——〈秋歌（原題訊息）〉

試想想，一個在越南土生土長，十七歲的華人少年如何能寫出如此古典的現代詩（或恰如詩人余光中說的「現代詞」？）我想，除了受到中國傳統文化的薰陶之外，更應該是本銘天賦的才華。

本銘就是如此獨樹一格，他典雅婉約的風格似乎有利於書寫戰爭、愛情、鄉愁這些在中國文化中幾乎是永恆的題材，在越戰期間，本銘雖然沒有直接參軍作戰，他卻能體現時代的苦難，借古詠今：

三柱的燈擎起那份秋意
已傾瀉的　已傾瀉很久

我與你躲在小丘的背後
元帥點讀他大軍的名帖
校場回應——回應了很久
孃子，我與你與繖是這個歷史的目擊人了

——〈校場〉

要解構本銘詩創作的脈絡，也許可以從他一九九八年的〈第八日〉一詩看出端倪：

……上帝歇了祂一切創造的工，就安息了。

——創世紀第二章第三節

翌晨，我著手
展開我的創作
以痛苦為骨
喜樂為肉
慾和潔淨

為生命紋身
並且趕及在子夜來臨前
竣工
是為第八日

本銘揭示自己的創作「以痛苦為骨」，此言一點不虛。詩人經歷世亂、癌病……飽受時代的苦難與命運的鞭撻，有不少關於戰爭、毀滅與死亡的書寫，例如：

讓我睡，你擊我骨
歌就翻然揚起……
是那夜的鼙鼓聲　那淒迷的一聲無尾的笳
晚雨好突然落著，啊，那夜在邊疆

——〈擊我之骨〉

所有的幽靈喜愛在雨天回來
穿著不同的軍服

更遠處是青山，青山後是戰場
他們自那一役中轉回來
沒有槍枝，沒有膚色

——〈說書的樹〉

我們進入廢墟
廢墟曾是昨日煙花的城市
而胎生　卵生　濕生
所有的
必須進入輪迴

——〈西貢印象：April 1975〉

而然，本銘的詩卻沒有嘶喊，也沒有呻吟，他的筆調依然是一貫的凝煉沉鬱：可以說是「哀而不傷」，對於一個年輕的詩人來說尤其難得。本銘早期的詩大部份屬於婉約溫柔的古典風，這種詩風一直是他創作的基調直到他定居美國，直接受到西方文化與生活方式的衝擊，才開始改變。

本銘的詩喜樂不多，不過，愛情畢竟為他帶來快樂和憧憬。詩人早期的情詩流露罕有的愉悅：

最好是叮叮鼕鼕滑下幾珠雨
躲在髮叢逗起我們眼內的相思
——〈同行〉

乖乖，五百年前很古的時候
你的髮香就曾經染遍
——〈窗前〉

所以　我們便佔著這麼的
一個小屋，一個貝殼的天地
日日如此仰望
而我們兩人，日日如此
仰望成為一山
——〈雲〉

可是，當時越南的青年男性面對戰爭，面對兵役與參戰的逼迫，前途茫茫，生死未卜。男女之間的情愛畢竟也充滿了悲歡離合的變數而顯得脆弱、殘缺與無奈。正如本銘所說的：「快樂與痛苦原是愛情必須兼備的因素」；

風起自宇宙最高寒處，雲生自最遠
那方的海湄。我們幾時是雨
走過戰爭，絆腳的蒺藜
讓我們匯成一海，同一名字的海
澎湃時淹卻了我們整個溫柔的夏季

——〈幾時我們是雨——給D〉

而風將我們扶起自雙腋
喏，誰也不許拌淡了酒
看夜如你軟入胸懷
情人
在地圖以外

——〈在地圖以外〉

縱使我不敢預告歸期
鬢白齒搖時你仍是廿歲的你我仍是廿歲的我
——〈細雨黃昏〉

本銘喜用隱喻，傾向於把豐富的意象鋪陳在不同的層次上表現詩的意涵。請看一九九九年他去世前一年書寫的〈之前——給DT〉；

洪水之前想及火
城破之前想及愛
灰燼之前想及手
手是昨夜撤離的夏日
執著一莖自焚的玫瑰
越過季候的邊界

河涸之前想及雪
燈滅之前想及雨
死亡之前想及你

你移動在光影反差裡
掠起遠近記憶的囂塵
透逾宿命的藩籬

這一切
這一切之前已經許諾
時間窄門中
我們牽手走過呼和吸的斷層

這是一首關於亂離、情愛、生死的詩，藉由淒美的隱喻和繽紛的意象而「演出」。從「洪水」而至「呼和吸的斷層」，在短短十六行裡涵括了由古至今，由遠至近，由大至小，絲絲入扣，而時空之大；觸覺之精緻，近乎極限。詩人豐富的想象力可謂驚人。最後四句，重複「這一切」三字，不僅把節奏減緩，而且也加重了許諾的語氣，用情之深，簡直到了生死相許的境界。而詩中的語言由於被高度壓縮，遠遠超越了意義的詮釋，可以意會而不落言詮。詩人梵樂希曾說：「詩是跳舞，散文是走路。」回顧本銘的詩作，大多是詩質縝密，詮述性偏低而張力外延的書寫。

本銘的情詩不落俗套，纏綿悱惻，真摯動人。他年輕時書寫的情詩應該不少，但是能夠搜集到本詩集的卻數量有限，滄海遺珠，殊為可惜。

自古以來男歡女愛，床笫之事本來就是人性的一部分。然而，由於封建禮教長期的壓制，愛慾被視為禁忌。甚至在八十年代以前，對很多華文詩人來說，性仍然是忌諱的題材，以致「性詩」廖廖無幾，或有也僅限於含糊閃縮，搔不到癢處。到八十年代，隨著社會轉型開放，詩人對性愛的書寫才逐漸增加，然而，大部分卻又矯枉過正，過於露骨，大膽有餘而美感不足。藝術與情色的差異，往往是一線之隔。「性詩」難寫，除了詩人本身的才氣和膽色外，其中的學問更在於隱約收放之間的拿捏，要恰到好處，尤其是美感的展現至為關鍵。對於以「慾和潔淨為生命紋身」敢愛敢恨的本銘來說：靈與慾也是他人生的課題。本銘有不少出色的「性詩」。在〈夜歌〉一詩裡，他用月光的「流過來，流過去」比喻愛慾的蕩漾，以郵截與郵票、紋身與胴體……比喻性愛關係，意象貼切鮮明。另一首題為〈情詩〉裡，詩人諷刺禮教對性愛的壓制：

禮樂傳後反成忌諱
期艾且不可直言
性愛

詩人指出男女的性愛其實是自然的人性關係，正如：

詩和文字
潮汐和月亮
你和我
器官關係純粹
是
起
伏
的
大
地
和
昂然挺立的樹

在技巧方面，此詩末句用圖象的排列描畫男女的性愛關係，雖略嫌有形式主義的堆砌，但亦順理成章，有其別出心裁的藝術元素。詩人也用類似的手法書寫另一首〈海灘〉，是寓情慾和生死於風景難得的佳作：

我們擱淺在相互
的情慾上
交疊的龍骨
身外　是整尾癱瘓的海岸
仍然有潮汐激越以後
一湧一動的手指
拍發
一宗海難

0號浮標浮著
在倒顛的額際
髮　蕩漾的水母
　我們最終與水
　　　　虛
　　　　弱
　　　　為

平　伏　的　線　條

本銘的詩大部份開始喜歡單刀直入，結尾則迂迴迭宕，餘音嬝嬝。這首詩一開始便道出情慾的主題。「擱淺」二字用的很妙，既寫景又喻意。同樣的，「交疊的龍骨」是一石二鳥，既寫肉體也比喻船隻。詩人以整「尾」而不用整「個」來形容「癱瘓的海岸」，使場景更加活現，饒有創意。繼而以「一湧一動」形容「擱淺」在海灘上人的手指的律動，不單寫景，也暗喻激情後的愛撫，並藉由手指的律動比喻拍發海難電報的動作，一個符徵卻有多重意涵。詩中以「蕩漾的水母」比喻頭髮，襯托男女歡愉後的疲憊，意象柔美；宛如電影慢鏡頭的畫面。末句「我們最終與水虛弱為平伏的線條」以圖像的方式排列，十分傳神。而「虛弱」二字本為形容詞，在末句中作動詞用，散文的語法被提昇為詩的言語。可見本銘擅於融合情景，也看到詩人構思大膽、描繪細膩、遣詞運字與氣氛營造的深厚功力。

必須一提的是在七十年代，北越攻陷南越，在南方實行共產統治，成千上萬的華人與越南人為了投奔自由，不惜傾家蕩產，冒著生命危險，紛紛乘搭簡陋的木船出海逃難，然而，有不少人不幸葬身怒海。雖然如此，仍然阻擋不了數以萬計人民投奔自由的決心。因此，當年在華人社區，經常聽到親友海難喪生的噩耗。本銘當過船員，這些悲慘的見聞，在他心中肯定留下難忘的烙痕。心理學大師弗洛依德認為：死與性都是人類的本能。也許如此，本銘寫此詩時已罹患癌病接受治療面對死亡，在書寫情慾與生死時，當年海難的記憶，可能又從潛意識裡浮現出來。一時之間灘兮？難兮？情兮？慾兮？生兮？死兮……全都投射到字裡行間，滲透心懷！

鄉愁也是本銘書寫的主題之一。他早期的鄉愁也許像很多「海外」的華人一樣，是炎黃子孫對遙遠的華夏傳統文化的一種血緣關係。例如在一九六五年的〈秋歌（原題訊息）〉中詩人便體現了這種文學的鄉愁（nostalgia）：

這裡沒有茱萸
怎能自卜歸期呢？
那種悒愁很稠
是一部天竺的美麗的胳肥鬍子

本銘在一九八九年以人道庇護移居美國。他生活在自由的國度裡，感到無比的喜悅。然而，在地緣上，對於生於斯長於斯的故鄉越南，尤其是西貢；總有繾綣的鄉愁。在詩集中，像〈話說從前在下雨的西貢〉、〈家書回到傷別的市鎮〉、〈無題〉、〈血的歌〉、〈守歲〉以至〈給女兒約媞讀的詩〉、〈夢回〉……等鄉愁詩不下十多首。例如在〈隨意而歌〉中，洛杉磯的雨讓詩人回憶故鄉西貢的雨：

這歌就是
你隨意而鬱愁
所有西貢的某一棵樹
夜間　徐徐雨裡
懷抱感觸

此詩大有南唐後主「簾外雨潺潺，春意闌珊」……的意境。本銘另一首鄉愁詩〈螢火〉更備受好評：

來不及驚叫
刷一聲
天　便黑下來了
衹因為想及西貢

故鄉
停電的雨夜

來不及說cheer
一口酒便將
月亮
骨嘟灌下肚裡

你我
便可以回去
這樣
打著螢光
手電筒

此詩異於本銘一貫凝鍊沉鬱的風格。詩人以清晰剔透的意象、簡短的字句，透過蒙太奇般跳躍和敏感的筆觸；以超現實的手法，勾劃出一股剪不斷的鄉愁。詩人一開始就簡潔有力用「來不及驚叫」

形容從突然而來的天黑而聯想到西貢易幟後經常停電的黑暗。「驚叫」二字似乎另有所指。然後再次以「來不及」道出直用英文「cheer」：乾杯，實在太妙，讓人馬上知道「一口酒便將月亮骨嘟灌下肚裡」的是外國的月亮。最後一段僅以「你我」二字便帶出對飲者的關係，乾脆俐落。最後把散文的口語「便可以這樣打著螢光手電筒回去」以倒裝語法，分行變成詩言語。如此一來便把前三段的場景快速轉換的節奏減緩，道出幽幽的歸思。因此，看起來似乎是散文的語言，經過整合營運，產生暗示、象徵、意象與比喻……詩功能。此詩情景交融，詩人在虛實之間出入自如，意象的運用如取如攜，起、承、轉、合的秩序也恰到好處，而且更留下耐人尋味的弦外之音。雖是小品，境界卻屬上乘。

在本銘的詩作中，類似以上意象鮮明，言語剔透，脈絡清晰的例子其實不多。本質上，本銘是屬於傾向感性的詩人。梵谷、莫內與李商隱是他的最愛。他對詩的氣氛似乎更情有獨鍾，畢生幾乎沉醉於營造典雅迷離的韻味，耽溺在欲言還止的格調更甚於言語與題旨的經營。

六十年代台灣的詩壇曾經提倡現代主義、肯定意象派，摒棄浪漫主義平鋪直述，概念化和情緒化言語的濫觴，主張準確表現直覺意象。台灣的詩壇同時也提倡超現實主義與心理分析的理念，以夢幻和潛意識的言語呈現內在世界、以反理性邏輯重現更真實的現實。本銘也不免受到類似的影響。他部分的詩涵蓋眾多的意象、而言語過度壓縮，詩質變得過稠，加上他所用的部分詞藻過於古僻，氣氛迷離飄朔，因此導致意象阻塞，銜接欠準，意向不明而晦澀難解。然而，桀驁不馴的本銘曾說「詩是自我感覺的演出。我不在乎拗折天下人嗓子。」的豪語。他甚至寫了題為「一首詩之寫成」的短詩，嘲諷某些「指指點點，口吐白沫」的詩評人，拾人牙慧，唯主義是從。可見本銘只管創作，不重視批評，我行我素的性格。事實上，這些瑕疵無損他詩作的價值。李商隱與艾略特的詩並不易解，不過，只要細精品讀，開放感覺，至少也感受到作品表現的美感經驗，「雖不中亦不遠矣。」正如詩人龐德的比喻：「詩就是一扇門在一開一闔之間，讓人想想究竟看到什麼。」詩的樂趣不就是在可解與不可解之間嗎？

本銘飽經憂患，在詩集《四方城》裡，他曾說：「……我們都是在人類自造的災禍中長成的。同時，我們亦確信災禍將會以任何形式繼續存在於人類社會，這可能就是我們執著寫詩的最大理由。」作為人類社會一份子與人道主義者，他關心世界上發生的戰爭與災難。無疑的，詩人在探索內心世界，表現自我的獨特性以及在追求藝術境界的路上，可以是非常個人，非常孤獨的，而且也應該有其孤獨的世界。所以是「前不見古人，後不見來者」。所以是「高高山頂立」。然而，另一方面，在現代資訊科技發達的二十一世紀，人類社會已形成息息相關的地球村，作為人類社會的一份子，現代詩人對世界上所發生歷史性的事件或災難，應該有感知的能力。我想，不管每一個人對「知識份子」一詞定義如何，一個有良知的現代詩人，應該是一個人道主義者。詩人的良知往往促使他超越自我，超越社群，甚至超越他的時代，而堅持人道主義價值。所以是「橫眉冷對千夫指，俯首甘為孺子牛」。所以是屈原、裴多菲、索忍尼辛……所以是「深深海底行。」當然，這並不意味詩人不會犯錯（political incorrect），也不意味詩人非要參與社會事務——以社會題材寫詩不可。其實，歷史意識與人道主義的良知也是詩人的人格與精神面貌，往往體現在他的作品裡與詩人形影不離，血肉相連。這也許就是沙特所強調一個作家應該意識自己的功能是：「不要讓世人對世界冷漠，不要讓世人對周遭的事物漠然無知。」

也許因為這種歷史意識與人道主義的良知，早於一九九一年美機轟炸伊拉克展開「沙漠風暴」戰爭的時候，本銘雖然得到人道庇護剛定居美國，詩人也直言不諱：

天空是倒懸的棊盤
慘青暗藍　焰火縱橫成界線
機群後面
數百架次的兀鷹
等待
幾時落定的塵埃

——〈沙漠風暴〉

透過反諷，詩人質疑；歷史的決策要等到多少年後才有定論，孰是孰非？可是，大規模的轟炸旦夕之間造成多少生靈塗炭。「兀鷹」在這裡是相關語，既指美空軍的「兀鷹」機，也指食屍鳥。寥寥短短數言便刻劃出哀鴻遍野的戰爭慘況，簡潔有力。在一九九二年的詩作〈索馬利亞二首〉裡，本銘針對索馬利亞的饑荒，指責權力階層的鬥爭置人民生命於罔顧。

或許與華夏傳統文化的血緣關係，本銘雖然是一個土生土長的「海外」華人，詩人非常關心中國。一九九一年長江流域因豪雨導致水災，他為大陸的災民感慨興嘆：

像蟻的人民又像
魚
栖惶於泱泱何其擱大的砧板上

——〈對飲與患〉

本銘見證強權暴政，更深切體會到沒有民主自由的社會，人民的基本人權便沒有保障。也許這樣，當天安門學運的新聞傳到美國，剛剛抵美重獲自由的本銘馬上寫了支持爭取自由民主運動的詩篇：

中國，中國　年輕的心臟
中國，中國　絕食的良知

——〈天安門，我們使您開花〉

政治社會的現實雖然殘酷與黑暗，然而，也因為生生不息，延綿不斷的歷史意識，本銘永遠堅持，永不放棄，在詩作中，透過父母為兒女起名字的動作，詩人深切希望中國的兒童能夠生活在自由民主，光明的環境裡：

> 天安門　我們正在
> 自沉的冰河裡呼喚
> 民主，民主
> 兒子　所以你的名字
> 我們遙喊你天安
> 女兒　便婉約而
> 約北
>
> ——〈給兒女命名〉

而遲遲的東方仍有暗赤的雲
阻道的山仍有
坦克和鎗桿子
而我們坐著　仍然坐著
必須坐著

——〈坐著直至東方日出〉

本銘堅持著一種薪火相傳，綿綿未濟的使命感。詩人在越南易幟後滯留逾十年，見證戰爭的破壞，人性與歷史文明遭受摧殘，然而他始終堅持信念，堅持寫詩，一九八九年去國前，詩人在〈呵！西貢。我們再次的城〉一詩中，語重心長的宣示：

誰是最後離去的　請把燈光
熄滅　火種留下來

詩人堅信，無論有多黑暗，時間有多漫長，只要火種在，火是不會熄滅的，人類的道德價值與文明必定能夠重建：

火　便躍起
在鑽木的手勢中
一盞燈

重燃
一個文明
呵！西貢，我們再次的城！

我想，這正是詩人陳本銘為大家珍愛與緬懷的主要因素。他沒有仇恨，他有的是希望。他堅信人類的美德與文明的力量。正如史學家湯恩比所說：「我不相信文明會死去，因為它不是一個生物體，它是意志的產物。」

二千多年前亞里士多德對詩曾如此讚美：「詩比歷史更有哲理。歷史是殊相，詩表現的卻是共相。」證之於本銘的詩作，我們還能說些什麼？

本銘年輕時生活在戰爭與死亡的陰影下，成年後飽經世亂，赴美後又患癌病逝。不可避免的，病苦和死亡成為他人生的一大課題。德國哲學家海德格爾認為：人生的終極是死亡。死亡是必然的，不可替代的，是最本己的。因此，人——「此有」（Dasein）是「向死而在」。因此，「此有」必須面對死亡，把死亡納入「存有」的眾多可能性之內，透過自由抉擇，決定自己的存有，實現完整的「本真存有」與存有意義。也許這樣，因著癌病的煎熬與死亡的迫逼，本銘需要心靈的淨化，需要肯定存在的意義，需要參破生死。他書寫了〈念珠〉、〈水殮〉、〈風想〉、〈行香人〉、〈天葬以後〉、〈等待究竟是什麼？〉、〈經常的來客——致死亡〉、〈錐立〉……等不少感悟生死的作品。

詩人似乎進入了一個非常接近宗教的世界。顯然，詩人覺得生命苦短，他要充實的過每一天的生活，正如他在詩集《四方城》中的自我寫照：「盡情生活，率性流露。」在〈夏的Jacaranda〉一詩中透過對藍花楹的描繪，本銘清楚表示：活，要活得精彩：

Jacaranda
夏天愈來愈炙熱
一把火
然後鍛紫你滿頭青髮
我觀察你許久許久
肯定
燃燒時你紫得很美

詩人在後記中說：

Jacaranda春末夏初滿放粉紫的花，最盛時候全樹不見一片綠葉，那種紫色又神祕又悒鬱，常在寂靜街道高速公路之旁，突然展現送你歸家或遠行。但花發時間短暫，一夜

> 之間鋪滿街道，陣風過處，簌簌落下如雨，人行其中只覺生命如寄，淡淡蒸發不如剎那衝擊迸射。

本銘大有「直須看盡洛陽花，始共春風容易別。」之慨。在另一首有名的詩作〈一口窗的五種景緻〉的後記裡本銘有感人的描述：

> 一九九四年三月底患直腸癌，手術後每月必須住院四至五日作化療。醫生說療程一年。今年三月照例住進阿罕布拉市仁愛醫院，算算時間我在這裡已十進十出了。院內清靜，每個病房建築格局和擺設大同小異，但都有一口大窗可供遠眺近觀外邊景緻，這組小詩就在不同的病房面對每口不同開向的窗醞釀寫成的。每次入院，我都背了一個背囊而去，那樣子像是去露營，背囊裡除了必需品和衣物外，全是書籍，詩集和校選給詩刊的稿件。我住的是單人房，一切活動都不影響別人。讀書、看電視、聽音樂、寫詩、校稿皆自由自在，唯一的牽繫是靜脈血管裡拖住針藥，長長的塑膠軟管盡頭連接兩座藥控器，使我頓覺人的軀體皮囊不過是在死和生之間漂飛的紙鳶，而生和死的那種牽繫往往薄弱，祗須輕輕一斷，豈非更大自在。

本銘對生死的態度豁達瀟灑，對他來說入院如去露營。更難[illegible]棄，何止是「衣帶漸寬終不悔。」何止是「本真存有。」

（值得討論的是，詩人有時會在文本（text）前後加上注文、註釋、前引或後記等文[illegible]作品的意涵、創作緣由、或紀念人、事、物……等，是一種輔助，不過，作品與注文之間的關係往往類似畫作與畫框。好的畫框可以襯托畫作的美感與格調。反之卻破壞畫作的美感，影響它的價值。同樣的，好的注文有畫龍點睛之妙。至於無關痛癢、酬酢附會的注文，不僅畫蛇添足，弄巧反拙，更破壞詩作的完整性，關係可謂不小。波德萊爾說：「要隨時隨刻當詩人，就算是寫散文。」豈能不慎？反觀本銘的後記，不僅能讓詩作意猶未盡之處，呼之欲出，而且美感十足，與詩作本身互為表裡，相映益彰，讀之令人動容。）

在〈經常的來客——致死亡〉詩中，詩人更抱著灑脫不羈的態度，用調侃的口吻向死神開玩笑：

面對著你，我仍然活在，無異幽了你一默。當我不在的時刻，卻幽默了自己。

……

我知道你會來

……

你曾來　擺成早的問問而已

……

我知道我家的
茶帶點香味的暖
咖啡是燙口的濃郁
而你屬於冰冷的
我高昂的談興讓你沒趣
當你訕訕地要離開
我只好打住話頭　說
……有空再來

本銘的詩一貫多呈靜態，戲劇化與動感不多，此詩是他非常難見的書寫方式。詩中的意象簡約，言辭接近口語，如同嬉戲。詩人透過虛擬和戲劇化的黑色幽默，以第一人稱和死神詼諧的說話。我想，實在沒有比向死神開玩笑更黑色的幽默了。詩中表現了詩論家簡政珍形容為「苦澀的笑聲」，「它是語言嬉戲的縫隙，假如嬉戲瓦解所有的現存，從這個縫隙我們卻窺見伺望到另一存在。語調似乎戲耍，但那卻是令人正色凜然的嬉戲。」從深層意識來看，那是詩人對死亡的荒謬和無力感的轉化與昇華。王國維在《人間詞話》也說：「詩人視一切外物，皆遊戲之材料也。然其遊戲，則以熱心為之，故詼諧嚴肅二性質，不可缺一也。」同樣是真知灼見。

美國女詩人愛蜜麗・狄金遜寫了不少與死亡有關的詩。她的〈因我不能為死亡停下〉一詩描繪自己與「不朽」同坐在死亡的馬車上，徐徐走過孩子們下課遊戲的學校、經過夕陽下的麥田，到了土丘旁的小屋……觀看生命的浮光掠影以及對永恆的嚮往。本銘對死亡也有異曲同工的書寫。在題為〈晚上，和叫做寂寞的你去蹓狗〉的詩中，他覺得死亡似乎已經到了他的家附近：

那時　所有的聚光燈都一一熄滅
在不斷圓擴過邊緣的足球場裡
以我們的狗作核心
宇宙鬆開手間的牽繫
放其與寂寞共同飄昇的風箏

此詩節奏柔和，整篇彌漫著一股幽思，詩人彷彿與宇宙萬物為一體。本銘最後的一首詩〈癌〉寫於死前兩個月，也有類似的格調，其中他說：

我
披著晨褸坐在院落裡

餵鳥
小白狗翻滾在腳邊
癌
這騷潑的始終不倦地廝纏
六年以來
讓我的情人瘋狂妒忌

詩人以旁敲正著的手法讓人覺得，癌病的廝纏讓他情人妒忌的事彷彿與他無關。詩以單獨一行的一個「我」字開始，在形、聲兩方面都顯得意味深長。「癌」也是單獨一行的一個字與「我」互為對比。詩人以「披著晨褸坐在院落裡、餵鳥、小白狗翻滾……」這些生命的普通動態對照癌和死亡的靜態：一動一靜，一生一死。通過這種對照，詩人賦予生命一個更高的層次。

本銘外表雖然豁達不羈，然而他的創作態度卻非常嚴肅，一絲不苟，努力不懈。

一九九五年他和我在信裡討論人生觀與詩觀時，誠懇地說：「……我一直在這方面努力，不斷給自己的詩觀念、我人生觀及我處於現世紀和未來世紀的理念做建設融和的體系工作。思而後詩，詩而後思，希望盡這生會有一首真正的詩。」可見本銘對詩是賦予最大的虔誠，對自己作出最高的要求。

其實，本銘去世前，他的詩藝已臻成熟，清描淡寫，揮灑自如，已經沒有早年欲語還止之態。可以說他的詩藝以及他對詩的奉獻，置於世界上任何地方都可圈可點，假若不是英年早逝，必定更有一番光景，想起不禁令人把腕痛惜。

本銘生前似乎曾經打算出版他的個人詩集，並以《溶入時間的滄海》為名。我想，他也許覺得自己雖然經歷了多少變遷與滄桑，然而，對一個動亂多難的大時代，對芸芸眾生，對無窮無盡的宇宙時空而言，個人是何等的渺小和微不足道。正如蘇軾的感嘆：「寄蜉蝣於天地，渺滄海之一粟。」一剎那便溶入時間浩瀚的滄海裡。可是，在主體世界，一剎那卻成為永恆。作為一個時代的見證和他所代表的良知，作為越南華文現代詩運動的主要詩人之一，作為一個傳奇人物，一個真正的華文詩人——陳本銘的存在，肯定是有意義和值得紀念的。在許多愛惜他，懷念他的人的記憶裡，以其說本銘已經溶入時間裡，不如說他已經溶入我們的生命中，如同收在本詩集一百多首本銘的詩中的每一個字，彷佛都是詩人靈魂的每一個脈博。詩人走了，可是他的脈博卻依然卜卜卜卜的繼續跳動，感覺上，本銘一直沒有離開過我們；恰若他在預言式的詩〈水殮〉中所說的：

我喜歡這樣
溫溫柔柔的磨蝕
遠行
其實並不離去

二〇一二年六月二十三日

目次

擊我之骨

讓我睡，你擊我骨
歌就翻然揚起……
是那夜的鼙鼓聲　那淒迷的一聲無尾的笳
晚雨好突然落著，啊，那夜在邊疆——

剔高燈火，讓我沐光而睡
罈子內的一把遺跡是沙場止血的靈藥
我的伙伴們呢？
擊我之骨，鼓聲又起笳聲又起
恍如那重霧中與蚩尤的一戰

啊，讓我睡，你擊我骨
歌就翻然揚起……

一九六五年杪。西貢

同行

越過那座橋
八時尚差那麼幾秒

你說過去訪星星
星星剛在樹梢醒了

最好是叮叮咚咚滑下幾珠雨
躲在髮叢逗起我們眼內的相思

一九六五年。西貢

秋歌

（原題訊息）

幾時涉江回去？
香花草纏緊我的足踝

這裡沒有茱萸
怎能自卜歸期呢？
故鄉當少去一個我了
在祖先的塋塚前
撫斷碑蒼冷的臉，拭淚
那時候我又不見你　又不見你的塋
你的瞑目處有不瞑目的標誌
很多遺棄的甲冑
以及　許多靴印
你再不寂寞了
許多流血的故事被原野夜夜講述

幾時涉江回去？
沒有茱萸
怎能自卜歸期

一九六五年。西貢

秋歌之二

且舒指彈醒心裡一隻蟬
那時候　好一片透明的寂寞
那時候　秋由少女蛻成少婦
到墓園去吧，那時候
那種悒愁很稠　是一部天竺的美麗的胳腮鬍子
你會聽見樹與蟲聲交述昨夜的鬼故事

眸潭撈起腫脹的惺忪
婦人，當戰爭掛上爾之唇瓣
白陽花萎謝，太陽摔下在秋由少女蛻成少婦之一夜

醉後，你老喜歡用指縫篩漏下的星光
醉後，你老喜歡問，問如斯
兀那江南漢子何事登樓
兀那　江南　漢子

ＰＳ：望夫山待著呢？
我是棲遲丈夫買不到歸回的舟楫

一九六五年。西貢

校場

三柱的燈擎起那份秋意
已傾瀉的　已傾瀉很久
我與你躲在小丘的背後
元帥點讀他大軍的名帖
校場回應——回應了很久
孃子，我與你與織是這個歷史的目擊人了
這裡，小橋、人家、最後的炊煙很遠
梅花不生，無人得得的過板橋尋消息去
冬是一個早夭的孩兒
這兒是夏的聚居地
（要訪五瓣的絳紅，當在北嶺之外了）
孃子，這悲切的誓師草菅了你與織與我

一九六五年。西貢

船長

船長，你的航海日記將罹難的名字記上
　你一九四六的船拐不過這站
就在你凝息吞鎗的當兒
船長，你以後的訊息
　讓愛人去盤問海墳內游魚噴出的一串故事
有後來者解剖起伏胸脯　考證你
船長，你一九四六的船
　你一九四六伊始的名字是一隻逃亡的白鯨

一九六六年。西貢

細雨黃昏

哦，寄給你的！

誰個留我？
那個黃昏的細雨落落錯錯
許多青春的夢　夢在淺碧的湖
黃昏細雨小舟中你唱驪曲留我

揮手吧揮手別我
黃昏滴淚　滴淚你撐小傘送我
此後獨木橋上柴扉之旁
你候我　每個斜陽細雨的黃昏

別哭別哭　你該微笑望我
你看風沙中的苦難須我去擔負
何況我曾許諾馱背真理渡弱水河

縱使我不敢預告歸期
鬢白齒搖時你仍是廿歲的你我仍是廿歲的我

一九六六年九月

楓樹

一掌平伸
整個混沌浮於凹紋內
我是一株羞怒的楓樹
向晚的西風宣告他酷毒的預言

一九六七年二月。西貢

窗前

偶爾一箇反覆的手勢伸展
　叩問窗外是否十二月？
未著花呵，白雲無你我的蹴踼遂寂寞而無血
便惕然的想到自己欲倒的小樓
乖乖，五百年前很古代的時候
你的髮香就曾經染遍

一九六七年二月杪。西貢

夜

每次，以醉姿穿越同慶道瀰塵的空氣
你未醉？竟擬散髮追月
當一切怦然之後
月在你額　在你舉起的指尖

一九六七年二月杪。西貢

足音（我們的神話之某章）

肩起我們的故事去填海
在北海中造成淒戚的漩流
我的經過，野花無須低頭
我的足印只尋求一碑之地

一些穴居的日子敲擊燧火
烤食，一列排行的長長而又一剎的雨季
我的足音越過
呵！我的足音越過，每個足音
　　都是小小的愛斯基摩房子

那時，小草們竟那麼欣喜的搔癢我腳
　告訴我快要到來的春色
你永遠想不到我走在一切之前

每個小村落，每個小市街，每個嬰孩的啼笑
都很愛斯基摩的。足音……

一九六七年

離辭

我把一蕾淚滴的燈光扣住
　窈窕如腰的櫓聲
水手未歸　船長去也
長笛開行一聲海洋遂渺小了眾桅
那時候　立刻把一蕾淚滴的燈光
　硃砂於你守候得長長的右臂

還有許多貝殼的纏綿在你瞳仁開花？
我的小蜻蜓　風不定
海水透蝕羅盤歸航剎那構成懸案
我的名字便一流入海
　或者枯萎或者含苞的
請你立刻赤腳釣起浮瓶
那叢　那叢　一蕾怒放的燈光……

我把一蕾淚滴的燈光扣住
　　巖化了的孤獨
此去，貞操仍然固執着硃砂著……

後記：或者你遠赴他方，或者我輾轉四海。英英。這些不卜的歸期都是美麗得不忍卒聽。你得在硝煙裡問訊我的消息，守宮砂般的紅在河的彼岸，洋的彼岸。唉！我只能告訴你：約在地獄。約在佛的蓮座前。

一九六七年

雨‧傳奇

（昨夜的歌者是小倩
　　　　　是連瑣？）

傳說便在一個晚上騷動起來
甚至是枯葉的飄落
我們清楚，這個季節
每棵樹都因為自己的年輪白頭

（你畢竟年輕若此，在瓦上
　年輕得須把每種課本唸熟）

而過境的雲往往無奈
誤去他的飛行
在一場冗長斷續的撲克戲中
失卻了唯一的執照。他說
虹與戰爭將停駐於哪個晴日？

（簾外走過的
　是誰個潺潺的跫音呵？）
你說起，上次放哨的時候
　不耐煩地在風衣下吸那根
十分十分潮濕的香煙
　潮濕如日子
而西半球的花季惶惶轉入了
忙於聚會
忙於拍發的
忙於選舉的　暴躁的夏季
那群各類服式的燕子圍坐下來
爭執著西貢的雨
停——是——不停

（卜。卜。卜卜

還徹夜以變調的音韻呼喚失去的鴿子）

一九六九年六月廿九日。西貢

說書的樹

鷓鴣在我的肩膊上啼
啼了整個落雨的下午
一個拾葉的老人在我腰下抽煙
正如你，捐給戰爭以自己
很久以前，他也捐出一條胳臂

所有的幽靈喜愛在雨天回來
穿著不同的軍服
更遠處是青山，青山後是戰場
他們自那一役中轉回來
沒有槍枝，沒有膚色

都向這裡圍坐下來
拾葉老人焚葉而歌：

罷了，老樹
且與他們說篇什麼的演義

一九六九年十二月初。西貢

紅睡蓮

（一）

向天，觸鬚向天
蜻蜓輕薄了你
萬頃綠中羞紅了臉

（二）

誰都睡去了呵
藕卻瞪我以火焰眼睛
聽說佛曾趺坐過
你　你紅得像血那般可憐

（三）

泥濘中你陷得很深了
伸臂向天求援
風嘲笑告訴湖
殷然過後看你如何蒼然

（四）

焚燒的季節到啦！
你掙扎而紅　自焚而紅
紀念誰呢？——你
烙在冷藍的　焚向西貢的高空

一九六九年九月中旬。西貢

牆

無所謂哭
無所謂羞恥
每面牆原是空白
也無所謂春天
以及　青苔

你的臉龐也蒼白
也是一片本來是很純然的牆
讓那些好塗塗寫寫的頑童
寫成你的世故
烽火寫成你的釘孔
　被釘的都舉起手
掌上有孔不凝的血

無所謂哭
無所謂羞恥

所有的牆都是被釘的
正如你與我
同樣的年齡
自然也無所謂春天

一九六九年九月。西貢

雲

歌成一支風笛，所有的羊群
由山那邊的狹門進來，猶如兩岸上
你牧著，我歌著的，向我們的小屋子
向我們的小屋子，朝聖而來

把向天庭的小窗打開
便有一部流亡的哲學流過
人間的人都叫它作「雲」
我們卻知道，洪水以後
他不純粹那樣簡單
所以　我們便佔著這麼的
一個小屋，一個貝殼的天地
日日如此仰望
而我們兩人，日日如此
仰望成為一山

一九六九年十二月六日

幾時我們是雨
——給D

採不盡的是雨後的
一葉婉約。虹彎腰而成橋
在神話裡最美麗的這個月份
筵席散後，你將步入眉眼盈盈處。
1

風起自宇宙最高寒處，雲生自最遠
那方的海湄。我們幾時是雨
走過戰爭，絆腳的蒺藜
讓我們匯成一海，同一名字的海
澎湃時淹卻了我們整個溫柔的夏季
呵，幾時我們是雨
赤足走過鬧市
讓人們瞻仰你我的足踝
那雙走過泥濘　沼澤
走過蟬聲與冰河
如斯耐寒的在鐘聲裡

裸裎最初的潔淨
坦然步上神的聖壇

呵，幾時我們是雨

且將髮香貼身藏起
九月終流成一條天河
當所有的星子亮起他們的宮燈
你在哪裡，梳思念一樣的長髮
在哪一個郵局，我可以航寄
一片你愛看的雲？

筵席散後
幾時我們是雨
呵，幾時我們是雨
把盞盞的離杯凝住

後記：D在九月遠離，記得四月重見時誰也難以想像夏季是那樣短暫。離別只不過在你我之間置放一個海洋，我想，但怎樣也不能抹去銷魂的感覺。假如我們是雨多好，雨能無礙的遠行，度一切阡陌，度一切人間的阻隔，甚至度這個年齡的枷鎖。寫這首詩贈你，D，但願有一天我們是雨。

一九六九年陰曆七七夜

[1]「眉眼盈盈處」係出自王觀送鮑浩然的〈卜算子〉中的一句。

如斯

憑兩眼的霹靂，幾時劈開盤古
劈開一片天和翅的長度
你說，你的翎羽片片是尺
量那些雲，另一空間的大氣層
　　　　　如斯你說

滿擬越過了愛琴海
山外的山外山
而投身去飲食雲後的雲
縱使一雙蠟翅而往，如斯你說
神呵，你且另開一尊
太陽的麥酒
我必然趕及那美好的晚餐

過目盡是七色
便有盈徑苔蘚雲生在足

猶記往昔的日子
如腰的虹，曾以之束髮

遂束每幀燃燒的風景
石榴的消息
如斯你說
裂那些浪，裂那些藍湛港
年輕而且美麗的迷信
宛如老年裂去少年的顏容

以風拭翼，有人在岩石後傾聽那種聲音
且待振翼的一刻
把山移向額
風景成為驚竄的蛇

森林，城市遺給好戰的部落
海洋撲入你的瞳睛

一九六九年十二月下旬。西貢

髮樣地白著的十二月

離你三月整，十二月
髮一樣地白著
眉一樣挑著
寫你的小像，用畫眉的細筆
　　在一個炮擊之夜完成

撥古典的柳，灞堤築在哪兒
（那年傷別又在哪兒？）
窗外是片風景畫的天
潑了許多寫意的雲
晚來以後寧靜，而且多照明彈的眼睛
哪，不單只星子
　是我們起誓的見證

離你三月整，十二月
西貢城整個醒睡起來

眉一樣挑著
斥堠兵的寂寞
哎！眉一樣地挑著
……………………

一九六九年十二月下旬。西貢

在地圖以外

而風自兩腋將我舉起
一盞的月在額上點著了燈
霧籠時，眸子將濡濕
你是缺席的星子，今夜
徒然忙著滌洗角質的杯盞

焚起暖爐的松枝
我忽然想起
許久許久沒有旅行了

許久許久沒有旅行了
一個假寐便費卻如許
辰光，醒來鳥糞苔積雙肩
抖衣立起的時候
忽覺山麓都美成腰身
便把入山的繩索束紮束紮

有那一片疆土，只有花，未記名的
在地圖以外，可以命我們的名
待你回來好好睡眠　千年
可以
脫下煙火的頭飾
洗過了手

而風將我們扶起自雙腋
喏，誰也不許拌淡了酒
看夜如你軟入胸懷
情人
在地圖以外

一九七〇年二月。西貢

小港

（一）

潮聲散盡，你的髮是濕濡濡的
走過長堤那一列樹，霧從兩肩摟來
還想起嘶喊不？彎刀和馬
征伐的旗幟，滾滾塵捲廢墟
我們划過焦木斷椽
的莊子。疲憊的雙槳呵
　不復昔年的名字

赤足踏破琉璃的堤
溫柔的沙哪裡有我們的足印？
戰鼓急急
沙　非淨土的沙
遺下的靴自有其可憐的故事

（二）

月落於西，拭刀的漢子猶在
河之彼岸酗酒而且異鄉
家書將輾轉傳來
織寒衣的婦人親手斷去
一個生命的臍帶，等待命名
所有的父親曾是一婦人的兒子
馬嘶人起，拂曉，渡無名之河
婦人呵
　原以你的青春製一馬革
　　製一襲孀居的素衣

（三）

而遺失了，在第一柄石斧中
那個小港口，可供一份假寐
長遍蘭花
可泊賣酒的小船

一九七〇年四月十二日

塋

將如何掩蓋許多故事
三月，什麼也不是的
一隻手，牧白羽翩翩的鴿
牧黑斗蓬的大鴉，一隻手
在我們的頭，翻開歷史
　　開一些黃花

那年你從關外回來，鬢根
則亂如遍佈的蒺藜
　　已經三月
　　已經清明
你將在哪棵樹上掛上你的劍
樹下，臉生苔
每張漂白成風的顏色

我的顏容
　　請你一併從故鄉帶回來
一撮我的顏色

一九七〇年三月廿五日。西貢

題望虹男子小照

雲停在皺著的眉間
瞭望一種虹
以失明的姿態
昨夜的雨踐死你的嘶喊
成萬對的纖足
踩夏成秋，髮捲如牽纏的植物
不經霜雪而白
那個男子愛坐在塋塋之間
想像每張向天的臉譜
　向陽的到底有份怎麼的神情

再也不是那個年紀
夾厚厚的哲學書赴女朋友的約會
或者，喝甜甜的紅豆冰
　　討論死亡

那個男子
　左眼球裂著一枚勛章
　右眼球寄生一束虹
恆窺向天，像那些臉孔
　　像一些手
在泥土下舉起奧義

天空是掩蓋的旗幟，睡眠在內

呵，陽光
　　我們額上腐爛著
　　　疾病的城市！

一九七〇年七月廿五日。西貢

髮的無題

（之一）

終有一天，髮是
秋的枯葉落入
獵獵風中，無人料理
一片頹破的寺院
那時分偏會記起
曾經青過、霜過、甚至
豪情地散亂在戰爭裡
而你的手，曾梳一疋
蓄起的憶念

（之二）

如此愛將髮撒向天空
雲停在別家屋瓦上
風信雞恆常工作
季季擋著
自己，一些風的慾望
髮是需要灌溉的
　給陽光走索
而凝塊的氣候，向著東方
髮必須自焚
　為一切青白的臉色

（之三）

髮也是一種
境界，也是
惹盡讕言的變色向陽花
在幽深裡亮而且
吶喊著光，千萬年來如此
總有一人曳起袍角

蓋許多眼睛
一枚銅章兌換
許多太陽

一九七〇年九月廿五日至十二月廿四日

前身

偏偏説起
夜
杯裡就泛起了月色
説到那次戰爭
蹣跚地憑著欄
更
鼓
敲
成
小
路
回營時
當令一勤務兵掌燈
今夜的密口
改作「看劍」

一九七二年八月十八日

地理課

我們講解市鎮的位置
市鎮，在最近
一次的戰役裡失去名字
而且將怎樣解釋所謂鄉愁
面對那些眸子
　　皆流過流離的河

驚覺，祇是
似乎被霜雪的聲音
粉筆屑飄飄而下
我們等待已經很久
　　一個霜降日
南方的雨卻頻頻
頓足穿越我四瓣心室

「我們要不要集隊，老師
帶著地圖，到音樂室外？」

等雨降成霜雪
那時或許
　　試著講解
　　　　花
　　和戰爭
　　　　雪
　　及和平

一九七二年八月十日

西貢印象
（April 1975）

旗幟在計程車下
計程車在無措的街上
軍靴　背囊　鋼盔
M16和手榴彈
官員和妓女在
美　式　撤　退　走　廊　之　上

我們進入廢墟
廢墟曾是昨日煙花的城市
而胎生　卵生　濕生

所有的
必須進入輪迴

一九七五年八月。西貢

音樂

有一條河　而你造成
搖動我
剛從瀟瀟雨裡
自其中
浴罷起來
裸裎整個軀體的細節

搖動我　引我
一道路浮在
塵土揚起的懸空裡
蔭涼的樹叢
花和草莖空隙間
天體是最好的禮服
到抽離的國度去
沒有任何主義
政客

污染
午餐即準備在
Monet的陽光草地
我們穿林到來
同行是蕭邦
以及
莫札特

一九八四年九月十日。西貢

舊軍人公墓

沉思者何去？
只有亡魂纔是真正
自由
不依附任何
骨骸原是塵俗的牽絆
必須風化
　成塋裡夜來的燈飾
　晝日間閒談種種傳聞
　懸疑道具
　昨日的朽灰
在一章歷史裡
已竄改為倀

一九八四年九月四日。西貢

對於聾者

對於聾者
一首歌正如故事
述說每個午夜
舊去軍衣
淒涼褪色徽號閃眨
白翳混濁的眼
破敗小國所謂政治

戰役恆古殺伐在木結他裡
琴音涉及許多噩夢
顏色過份璀璨斂為
水墨
只有聲音
拉著一綹青髮入歌
嘈切者是紅
幽咽者白

是黃藍
最後是風
在南方人的私處收割

七五正是另一個朝代
中原金陵
似乎我們的順化
粗心的讀史人匆匆翻過
一闋淪為十年的故歌
對於瞽者
及其木琴顫顫拔起
哨音
自前臂誓師日一印刺青
湛湛沉澱暗藍

曾經
久候黎明的車站裡
北上探營婦女
必須
每日辛勤地儲糧

一九八五年四月杪。西貢

音樂

搖動光影
雲彩　雪　風
和幾乎的顏色
　這樣的一雙手麼？
瞬間按在
酣沉的睡眠裡
一道漩渦的梯子
挽我至高處
旗

大海　原野完全
達里渾然的藍白
床第是其中一節天色
呵，天色
我失重其間

承受敲擊
為一節音樂

一九八四年中秋日。堤岸

話說從前在下雨的西貢

夜有一雙眼睛仰望
盛住潮濕雨季
荷花悄悄
卻突然開了
一醒老酒

另一隻
緊緊瞄住踏空的心臟
從準星游離
豐腴消瘦
無從辨識的鄉愁

那兒的樹都喜愛天空
天空穿著超現實的藍
那個年齡戀棧披頭
戰爭

被談論而且
暢銷像一張剛發行的唱片
話說從前在下雨的西貢

一九八六年四月西貢

白楊樹

依然流落著春秋
在墓地　當所有
周遭的樹都紅了　自己
卻原來耽於蕭條
一株白楊樹

斑駁帶點自傷
曾經夕照　風雲　秋霜
在俄羅斯畫冊裡曾經
一行行作著
永遠的送行流落
然後迤邐直至伏爾加河岸

已無任何守望的慾念
沒有投影
南方溫柔風采

整個墓園嘆詠的蟬聲？
鏽暗的列車匆匆北往
禁制的原野逼壓
夢魘的河岸線
層層痕痕的年輪
十分適宜懷舊
而且
慣於風塵

一九八七年一月十五晚。西貢

天安門，我們使您開花

天安門　我們使您開花
那種花開在
紛亂的夜半，屠殺的
夜半坦克坦坦然輾碎

中國，中國　年輕的心臟！
中國，中國　絕食的良知！

我們都在都在天安門
那是夏天，炎炎燃燒的
天安門從敻遠的歷史裡
呼喚她的兒女們
天安門。我們正在
自沉的冰河裡呼喚
民主，民主。

天安門，我們使您開花
開在黑暗的
六四凌晨的三點鐘
血和肉體都支付予您
母親　絕望的大地
我們毫不自惜灌溉您

天安門，我們使您開花
那種花年年開著

中國，中國　年輕的心臟！
中國，中國　絕食的良知！

一九八九年十月十日。阿罕布拉

家書回到傷別市鎮

竟然度著一個龐大冬季
離別伸展無疆界的
雪的氈子蓋著我們
曾經混淆的體溫絞纏
雨前雨後　有雲
或在大好晴天
終於　我們沒頂

已經費了許多時間準備
酒淡淡也好　濃烈
猶如久久儲藏的淚
一夜星圖帶領
最少整個海洋的遠航
楊柳和歌回到
回到幽幽傷別市鎮
甚至我已倦於計算差距

候鳥往來路徑
沼澤、林野、村落
城市多少
北面是輕浮的洛磯山（你凝望
　想像它與海分袂的手勢）

污染在大樓上
楓葉嫣紅在
傷風季節（還是凝望
　惟有相看罷了）
諸如此類　都不宜
作激辯的話題

還是等待月光麼？
當然是必須的
必須等待潮汐　慾念

以及愛
正如我倦於行止
倚著牆嘔吐如
一妊孕的婦人在風中
或許
每每是楊柳
和歌　笛一樣的
家書回到傷別市鎮

一九八九年十一月十二日。加州

給兒女命名

六月
是一枚別針
別在偏左的胸口
連在心臟
深深陣痛　和歷史一起
在一起流血
兒子　所以你的名字
我們逕喊你天安
女兒　便婉約而
約北
——不生不滅的
約在北京
六月

一九九〇年一月八日。加州阿罕布拉

無題

魚水固然適於佐餐
香花草鮮活引回
戰爭日子　曩昔西貢
所有的價值觀都從主義出發
終在酒杯裡迷途
而鄉愁
往往是勛章
光燦佩在軀體最陰暗處

後記：居處左側種有香花草，平日勤於澆灌生長稠密。少作曾有句：「那種悒愁很稠　是一部天竺的美麗的絡腮鬍子」。輒想起西貢風采人物，剪之佐膳，蘸以魚水進食，有一番滋味。

一九九〇年一月九日。阿罕布拉

無題

女人　切開的蘋果
在空氣中污染
或者過久的等待
如果沒有愛

一九九〇年二月。加州阿罕布拉

給連瑣

掠起群鴉驚鬧
一頭貓弓身
跳過矮牆漸漸滿盈的月色
你們來了
呼嘯著一個派對
袍角暗過我家草坪
當我掩上了
　　膝上那卷聊齋

往常地
東方的魂魄喜歡
比較朦朧月光
在流水的鏡裡
梳妝撫琴乃至畫皮
剝啄一個男子的窗門
討償前生債務

一筆愛情的筆墨
往往費去好幾個章節
最後
藉著一把傘摺疊你回鄉
引向蕭颯的終局

你們呼嘯著散去
談論著節日收穫的糖果
一如呼嘯著來
南瓜燈划過草坪
蟲聲靜住一條通道
我聽到
你衣帶的風響
繞過我屋角拐彎的那排松樹

一九八九年萬聖節夜。加州

呵！西貢，我們再次的城

誰是最後離去的　請把燈光
熄滅　火種留下來
林木龐大地長
瘟疫的城市埋入潰解的歷史中
螢火流過廢墟
一切記載盡皆焚燬
西貢，你是抖下來
夾在聊齋裡
一枚死去仍冷豔的蛺蝶
標本在四月

南方是冷冷的
部落次第沿著河流徙遷
森林鬱鬱
長草漫掩我們
撤離的足跡

所有將遺下予冰河
大地歸回盲目的獸群
而剩餘的火種埋下
我族人僅存的美德
在深邃地層裡
跳動跳動
跳動昏迷的心臟

原始昇起
至大如落日
我們幡然重認
火　便躍起
在鑽木的手勢中
一盞燈
重燃

一個文明
呵！西貢，我們再次的城

一九八一年抄稿
一九九〇年重修

潑墨十行

棕櫚被置於最前線
所以綠是沁涼的
遠景是慵懶的山
忘記收拾自己的投影
同時　把積木的建築
紅一格藍一格隨意擺成
盆景　而我居然那個
意筆匆匆勾就
過路人想要匆匆走出
茫茫潑墨

一九九〇年一月九日。阿罕布拉

沿著江湖的春水

一卷般若波羅蜜多心經翻了
整整廿七年
一頭披髮走遍了青綠金壁山水
彈彈指　韻事
或已韻事沿著江湖的春水
飄泊在飛揚的劫灰裡

那人涉江而北而西
攜著法器經卷及畫筆
沿著江湖的春水
菩薩羅漢各自挽住
當風的衣帶
獵獵翻過時空的脊背
越戰的槍托開出一朵花
帶著你的木魚磬鈸
隨我來　大海的前面

寬大如袍的風衣
以中年的豁達
謙虛地唱John Lennon

草堂建在或許的
西方可以說法——非法
一切法是名佛法
對門外的石頭說
明鏡菩提故事
並且製了一偈權作燈謎
那是我的詩
　現代詩，你說

並且怡然上下敦煌
微醺時月旦諸天
藤黃石綠者

髮間飛白者
也不過是
諸般色相罷了

後記：老酒最醇最易醺人，老友亦當如是。來美不過三月，著實重晤了好些老友，都是少年時以詩以畫相交的朋友，大家為了一個字眼和一筆線條爭論如兩頭臉紅耳赤的火雞，共經歷過越戰、勞役、逃亡，又頗懷有流放的感受，坐談間便很有老酒濃烈的醺然了。其中，釋今三者，擅佛像山水，是我少年時妄談禪的主要對象，記得六三年初遊草堂，今三藥河俱小子已，而今再到西方的草堂，時間幾乎翻掀了歷史的半頁，撫掌相看鬢髮星星矣。昔日草堂今三，山水萬峰，今之佛相雄風，三而一，一而三不過是一管彩筆的三個境界。是為記。

一九九〇年一月十六日。阿罕布拉

盆栽

樹在樹林
蟠拗他
成為美學之意態
然後樹說
使他渴　渴吧
渴於嚮往
野生

一九九一年十月十四日
一九九二年六月修改

隨意而歌

隨意而歌　對著
洛磯山腋下難得的
雨在夜間徐徐蓋下
輕輕如頓收舞步
舞者稍微彎身轉向攏起
散亂了的髮絲
在漸暗漸滅漸漸沉落
斂卻的燈火
音色中一襲曾經鼓蕩著
風紋著折光流蘇的裙

舞者侍候
踞坐成飛天
白裳方圓無盡地覆掩
洛磯山伸展
回歸的臂胳

沒有琵琶
古意染就的笙笛
隨意而歌　對著
祇是水袖裙裾
幽幽混沌
浮浮宇宙沉沉　介乎
於酒和離歌清唱
某個冬日主題

然而
這歌就是
你隨意而悒愁
所有西貢的某一棵樹
夜間　徐徐雨裡
懷抱感觸的蟬

一九九〇年一月七日

血的歌

傲桀的血湍急
轉過山海
生命的溫馴與悖野間傲桀
如故　仍
呼嘯著自己的
歌

回到家鄉是一把
二胡　濺灑廣場
像漬漬苔蘚緊抓大地
子夜圍獵開始
回到西貢是一張
錚　漩渦雙塔尖教堂
像幽幽蔦蘿述說
城破後的故事
回到洛磯谷地是一音

斷絃
裂成無奈湖泊在此
楓葉蕭蕭自落
自傷顏色

歌
最後不免回到石碑
傲桀的站立
成為很自己的
墓誌銘

一九九〇年十二月廿四日。阿罕布拉

白夜之一

廿八格　每秒
太陽熱身準備
躍過Alhambra
那排棕櫚
向南　電源道
海鷗偶然迷途
經過一座正在早禱的教堂

曉寒有風　而且
夾克會首先知道
我的頭髮往往認同此事
就像它埋怨
愛情、戰爭加點鄉愁
染它為夜的樣子

一九九〇年二月五日

白夜之二

女人，果然你來了
衣被寬敞的披風
隱隱　每在雞鳴時候離去
準時像蝙蝠

或許沒有顏容
衣飾　沒有
年代任何識別
鬆鬆一襲翅膀
敞開你全然的裸裎
披風棄置在簾外

然後
等著我把自己
一襲衣服那樣褪去

一九九〇年二月八日

螢火

來不及驚叫
刷一聲
天　便黑下來了
衹因為想及西貢
故鄉
停電的雨夜
來不及說cheer
一口酒便將
月亮
骨嘟灌下肚裡
你我
便可以回去
這樣

打著螢光
手電筒

一九九〇年七月十一凌晨。阿罕布拉

靜物

顯然
折枝的中國菊
歐洲來的魚
種種
方言果品
其中
印支戰火裡
移植的尖刺榴槤
都排列
流動或靜止
被翻譯成顏色
騷動
吶喊
掙扎
鬱鬱地思鄉

巴士行經每站
停
駛往
昏黃的霧和燈裡
靜物痙攣
於焉完成

一九九〇年十月廿七日。加州

我畫

我畫　大海
其中淹溺億兆眼神
饑渴飲食土地的褐灰
我畫　母體臍帶
兩岸曖昧屈辱釣魚台
寂寂長安街
沉默燃燒
天安門
苔蘚爬上林肯公園
一銅像
楓樹幾株
快餐調色板上中國洋紅

一九九〇年十一月。加州阿罕布拉

守歲

守歲就像往常
守住每一夜
一暈燈
一窗曙色明滅
徐徐在一方世界裡
你守住
醒著的正午在西貢
阿罕布拉深深迷沒回鄉路向
夜耿耿醒著
祗為月光
月光卻是往年陳酒
偏偏一海碗
潑在宿醉的髮上

一九九〇年十二卅滿月夜。加州阿罕布拉

YEE，YEE，YEE…

——紀念Beatles

曾經換去了鼓手
未及分別誰　是
歌者　主音吉他
這些瑣事根本不用關心
聽者形骸漸次泯於
拍擊　大海
潮汐和往事推來
捲去嘶喊的六十年代
音樂叛變
髮　叫出一種清純

YEE，YEE，YEE…
　純純粹粹一種變故
在忘形的高處淡出
樂與怒
利物浦年輕的霧

昨日闔上是經典
明天永不可知
想像
John拭抹著他的圓眼鏡
　　那樣淡淡離開
　　　寓所鐵門
　　　　扣響
槍聲在一發白的指節

一九九〇年十二月。加州阿罕布拉

註：“Yesterday,” “Tomorrow never knows,” “Imagine” 都是Beatles的名歌。

星期日去看山

在你手中
額際擴闊一道斷崖
容忍車轍以及
你國畫線條的衣褶拂劃
成為氣象萬千斧劈
江南溫柔的長短披麻
但是，無論怎麼說
我絕不喜歡你們矯情看瀑
其實
那衹是我酒後的嘔吐
半舊夾克蒙住頭臉
頹頹倚著什麼
也不是來處去處
根本無暇計較蒼苔
漬上點上
睡去便潦倒了

山路的形象

可以有個久渴的酣睡
最好永遠不要醒來
我想
假如必得振衣立起
對地殼不僅無益
反會形成七八級震央
災禍比舊金山更甚
倒不如半睡半醉
半醒其間和歷史作春秋大夢
星期一不必回到城市
十項
機器們將自己競賽

一九九〇年十一月五日。九二年三月定稿

夢回——給阿侯

我們將回去
沿著山腰注入雲澗
彎彎的道路入海
回到破敗院落小樓
一眼天窗開向眾家炊煙
律動的舞姿裡
借著日光的側影
你喜歡，每日必要的操作
一撥撥撿出米中的草礫
那時候，你薄弱的衣衫
惹起蟬歌和晚風
打從濃蔭最深處挽住
輕薄的紗束
一路上撕扯著過來
將我們掩蓋

後記：一九八九年初生活清苦。我們賃居於堤岸市一座陋舊小樓中，樓上有一口高高的天窗可以眺望一路高低錯落的屋頂，那時，阿侯也輟學鋼琴，我們只好將它們比擬做正在彈奏的琴鍵。長夏燠熱難抵，遂縛一絲巾在窗檻引風，穿寬薄布衣，有時，什麼也不穿戴，渾為天體。

一九八九年十二月初稿。加州
一九九〇年十一月定稿和後記

坐著直至東方日出

我們坐著　炎炎又是盛夏一年
我們坐著　坐到
長夜過去　密雲不再遮蓋
坐到東方既白
天安門開出一種火的
鮮血的花　年輕那樣灼熱

坐著　坐著
盛夏又到歷史的關節
坐到東方既白
帳蓬不撤
坐到孩子們的課本記著
中國兩道長城
都以鮮血
抗拒鐵騎、暴力坦克

都以鮮血
吶喊民主

而遲遲東方仍有暗赤的雲
阻道的山　仍有
坦克和鎗桿子
而我們坐著　仍然坐著
必須坐著
直至東方日出

一九八九年十二月九日。阿罕布拉

紙鳶——給銀髮，想起放鳶的日子

急急風裡張望
依戀如東南飛去的孔雀
北面是禁錮的港口
許多船
腐晒劫掠以後的軀體
龍骨崢嶸
且成為人道的話柄
——整個文明正在激辯

你的女兒在井裡長成
說得一口很酷的廣東話
甄別試裡
惶急如飛鳶　往東南
往北　往大海？
風緊風急裡相望
提線鬆線收線之意欲

牽繫者　緊緊鬆鬆

心臟

一九九〇年十一月廿七日。加州

其他等等問題者

吃了蘋果便領略了性愛
過了中年　脊骨
遂發現手杖比婚姻更具信仰
至於其他
哲學如宗教等等問題者
在即將完結的晚餐裡
落下的瀟瀟陣雨
沁涼送客入睡
明天　某一地方
　　某一花園
整日閒散地餵鳥
以自己
　　一節節的肢體
　　風裡逐漸消散

一九九〇年十一月十八日。加州阿罕布拉

夜歌

月光一路流過來
流出去
以一條河的姿勢
去冬已經如此泛濫過
使兩岸的信柬
熨貼像郵戳郵票
紋身那樣
誰　蝕入誰
胴體
嘶嘶燃燒寂靜
灰燼時空
是
事後愴然自焚的一根香煙

一九九〇年十二月十五日。加州阿罕布拉

寫給女兒約媞讀的詩

Peter Pan

彼德潘的衣服不是全綠嗎？
還有鞋子　不過
帽沿上的羽毛是白的
小叮噹不是透明點著燈的螢火嗎？
灑上一點點她翅間的光粉
閃閃眨眨
你就可以星一樣飛行
帶著爸爸
爸爸帶著眼鏡
帶著囡囡
囡囡穿著花綠小圍裙
別忘去地球儀
團團轉著家鄉方向

西貢窄窄的
一條胡同
下雨時　你說
一條河
唱軟軟的歌

單車

我小時候的城市
有許許多多的單車
單車也打著傘
紅的綠的花的
下雨了
是一隊隊賽跑的小磨菇

我的風箏

這兒的風箏
跟我剪貼造的不一樣
我的風箏
長長手臂是機場上
搖動的手
向天空
搖動呵搖動
這兒的風箏也搖動
天空
總是不一樣

地球母親

地球母親
我們都是你的孩子
　他是黑的
　你是紅的
　我是黃的
　他是白的
大家都來
放下手裡的武器
　他的大刀是葉子
　你的弓箭是樹枝
　我的長槍是花朵
　他的子彈是種籽
都放在媽媽圓鼓鼓的肚子裡

這樣
就有了森林
森林有了風
風有了麥子
麥子有了麵包
麵包有了鳥兒
吱吱喳喳的鳥兒
這樣
就有了女孩子

後記：一九八九年杪，約媞剛滿九歲，離開西貢來美，仍然斷斷續續寫讀華文，時時和我提起故居和她的越南小朋友。最近也因中東緊張的影響，每每向我問及戰爭，揣摩她的心思寫成上述四首兒童詩，也當作她進修的華文教材。

一九九一年元月十二日。阿罕布拉

沙漠風暴

戰爭聖潔如初剃度僧侶
經過長久抑制和禁慾
且宣洩為洪水
一夜之間在巴格達城裡夢遺
必然的風暴
必然的沙漠　掀覆新秩序
對於每顆沙粒
勢必在風眼裡磨成齏粉
轉輪於天空
天空是倒懸的碁盤
慘青暗藍　焰火縱橫成界線
機群後面
數百架次的兀鷹
等待
幾時落定的塵埃

後記：元月十五，伊拉克撤出科威特期限滿。以美軍為主力的多國戰機群一夜間在巴格達展開奇襲。對伊戰爭於焉開啟，定名為「沙漠風暴行動」。

一九九一年一月十八日。加州。阿罕布拉

惑夜

方向盤是無須負責的
這樣美感的迷途
折過樹叢的設陷
夜摺起如屏風四時景色
連最後一顆星也沉入
漂流的水袖
袖裡——是體香
氾濫暗白軟軟的一截手臂

你想起右側的地圖
更相信其中所記
無非休生傷杜景死驚開
水聲隱隱泊成合圍陣勢
罷去水潑落了玻璃
是你的肌膚麼？
燃著一種熱

撩撥著我的耳垂
若有若無嘘氣
一頭狐
施展其茸茸感覺
一雙斜斜挑起媚惑
眼睛

後記：入冬某夜，與銘華、啟鏗、方圓諸君子以咖啡濃茶香煙佐興清談，不覺夜盡，腕錶指針指著凌晨，披衣而出，外面白霧正濃，各自駕車散去。五分鐘的路程，最後走進重重霧影樹影的Huntington圖書館附近範圍。索性滅去引擎，熄去燈光，絞下車窗玻璃，讓夜和霧蜷在肩膊，輕輕囓咬我露風的頸項鬢腳。對於這次迷途委實無以解釋，只有歸諸傳說中的狐和惑夜的美麗作祟。

一九九一年一月九日。加州阿罕布拉

給戰爭

你可以詛咒
但何必　詛咒寫就的歷史
越戰紀念碑
碑上鑿刻的名字
有人因哀悼遍插旗幟
一莖玫瑰伸出
手指自碑石的隙縫
翻掀每世代憤懣迷惘
在紐約
任何他方
委實
戰爭和愛情往往押下
無奈的賭注

請莫在此焚燒國旗
國旗只合覆裹男子的身軀

曾經水草平原
或暮色四垂的大沙漠
坦克履帶逆走回鄉路向
家書在囊裡
槍枝在手上
戰爭在眉睫
玫瑰在胸膛
愛國者在沙漠
鷹
高高飛在巴格達方向

一九九一年一月廿日。加州阿罕布拉

冬暖

以火洗手
松木香氣薰身
冬來後
一林鳥聲細碎如鞋聲
鞋聲　躡著
　　　蹻著
鞋聲　提著
蓋上深怕驚夢的被褥

詩集從掌間滑落
陽光傾斜
樹影拗成彎度盡處
他們互度體溫
在風裡
暖意比皮夾克還要燠熱

一九九〇年十二月十五日。加州

小雨落在前生

經過隱現的阡陌
山漸漸俯入我的臉裡
隔斷背後微微潤濕街衢
小雨落在前生

你在雨盡的那頭
理弄翻飛的髮
不經意地林木蓋下來
草從體內透出
原來心裡有盆篝火默默燃燒
那人的腳步
在你髮上踏青
走了長長的夏天
遠行向冬季

一九九一年三月廿六日

念珠

0

揮去塵封　手勢
撥來往事如自照鏡子
觸目是你的哀愁
眼睛將念珠撣來撥去
柔柔的手撫弄嘆息
像一張錚的過門

00

死去的時候，你想
眼瞳會像肌膚那樣化去
溶入泥土麼？
抑或拒絕回歸的鬢髮

固執地愛戀遺留的信物
念念不忘
形骸以外種種牽繫的往事

○○○

果真如此
不若死為你捏捻的念珠吧
瞳瞳滑過你的手指
在節與節的輪迴
雖然
你唸著並非我的名字

用以盛酒的器皿在左
淺青斜斜淡散如海
逾越了杯沿便是離去的人

念珠是彼岸
琴鍵是波潮節節拉近
又把我推遠
怎樣在你流連的走指中
拔我自己成虹呢？
滿帶異鄉的酒意
然後回來

一九九一年四月三日

無題

醒時同交歡，醉後各分散
——李白

埋葬的床笫
夜來性愛　你是
種種體位的對手
掌心首先冒汗
風暴缺堤曾一度焦渴的背門
遍體倒灌河流
你強烈暗示氾濫
可以迸裂肌膚攝出
在碰撞的星體間歸回混沌
以你的手自然地
扯開拉鏈像扯開琴套
企圖歸還迫切的逾越

原來
你叫做死亡哪
果然有個讓人驚喜的名字
我們曾交歡於剎那
於未知
於一方寒薄的刀片
　一環回想深遠繩索
　安非他命扭開一道道的門
　或者失速的美感
是你的手
纖美而巨大
以你的名字
這樣地舒展著
摺疊且棄置了許久
一種景觀的悸憾

一九九一年五月三日。加州

自我搖滾

胸膛敞開
大門
腦袋打開
天窗
皮囊原是深邃監牢
曾經
一個自己
徒刑了許許多多歲月

曾經
是你的蛹
一份七顛八倒愛情
曾經
枯涸一口井
守候種籽自其中冒出大樹
曾經

禁錮的歌
在指尖　一闋騷動的血

曾經
一個自己
從繭裡搖搖滾滾出來

一九九一年七月六日。加州

夏的Jacaranda

Jacaranda
今夏遲花、紫色
還堪堪夾著夜歸的道路
急拐的彎角
我的車燈
達達達灼著你的裸睡的胴體
情節正好
一部逐殺不貞情節電影

是的
我剛飲過一點
速度恰好是我體熱的需要
警察先生，你知道
我正以心跳作時速計
我剛飲過

一點點藉以提神的
——酒

Jacaranda
夏天愈來愈炙熱
一把火
然後鍛紫你滿頭青髮
我觀察你許久許久
肯定
燃燒時你紫得很美
便決定
我們都不要走入秋季
無論如何

是的
便藉著月光

和一點剛飲過的酒
夜靜得作祟
最好必須發生點兒事故
例如車禍之類

Jacaranda
我們都不耐寒
最好，我想
都不要走入分手的秋季

一九九一年七月十九日。加州

註：Jacaranda春末夏初滿放粉紫的花，最盛時候全樹不見一片綠葉，那種紫色又神祕又悒鬱，常在寂靜街道高速公路之旁，突然展現送你歸家或遠行。但花發時間短暫，一夜之間鋪滿街道，陣風過處，簌簌落下如雨，人行其中只覺生命如寄，淡淡蒸發不如剎那衝擊迸射。

對飲與患

滋一聲手指捺入江河

河黃竟如故鄉濁水
在電視某一頻道裡
囫圇吞啖莊稼、工廠
且以其餐刀
分割土地為塊塊肉食

如酒之入肺腑
那些氾濫直如幾罐Budweiser
沿著腸道迴轉騰升
就在你覺著的
像蟻的人民又像
魚
棲惶於泱泱何其闊大的砧板上
當兒

決堤自眼眶
滋一聲迸出微澀酒意

後記：新聞媒體連日報導大陸水災的嚴重情況，長江流域一帶因豪雨造成洪水氾濫，已蔓延至十八省市。疫病在災區猖獗流行，初步估計有近兩千人死亡，農作物與財產損失慘重。中國人民世代以來一直在天災人禍之中掙扎生存，也只有他們才透徹知道天患人患何者孰重！

一九九一年七月廿日。加州阿罕布拉

靜午

刈草機犁過
某隻雀鳥掠起
自草的驚呼裡
驀然想起了
你　在遠方戰後的城市
有些鳥類
匆匆趕在秋前越境
畢竟
下午將沉澱
濃蔭蠕動過短牆
直至一隻喜鵲之類
從廢棄的郵箱內驚飛
入夏以來
牠是經常的住客
如你　住在我心裡
小小的墓地

讓我安於守候
並靜靜地
除草

一九九一年十月十九日加州

情詩

是
起
伏
的
大
地
和
昂然挺立的樹

一九九一年八月十四日。加州

水殮

我喜歡
癢癢的唼喋
一千萬張
吻別的唇瓣無言
吞吐成漩渦
吸我入你腑臟

再世時
我滿意自己是氣泡
仍然所謂
虛無主義
我喜歡軟軟沉陷
一浪浪
搖我入睡
搖搖　搖著說
漾開去髮膚肢體

飲酒寫詩的
腦神經
淪為你的支流
或者主流

我滿意
盪漾的分解
貼切生前身世

我喜歡這樣
溫溫柔柔的磨蝕
遠行
其實並不離去

一九九一年八月十一日。阿罕布拉

添酒無手

酒過三巡
添酒的手往往只添那麼
三分之一
小飲可以催詩
妳說
縱情可就壞了
早早我們訂下的規約

出海以後
赧然說著禦寒所以小飲
在寄不回的家信裡
大海是杯
夜來孤寂洶洶湧湧成
酒

只有月黑風高的晚上
纔稍微安心
斷斷不會
從嘔出的月亮
洩露了添酒無手的謊言

一九九一年九月四日。加州

LAS VEGAS 四首

燈飾

覆蓋　翻開
註定命數
的撲克

眾燈裡我們奉獻自己
一盞絕不禁慾
燈飾

莊家

發出一個美麗祕密
同時
緊緊掩藏
殺機

牌九

兵分兩路
把食餌從前線曳過陣地

擺下雙重攻堅工事
層層圍城
硝煙裡滾滾圍困
左衝右突的
赫然自己

吃角子老虎

其實
就是那陣悶雷

隱隱滾過沙漠

把驟雨的慾望
輾成蠢動
手指

按紐
居然又是一宗乏味不過
碎屍案　報導
某街某柏文某個
四四方方冰箱密藏
的雜碎

一九九一年九月二日

石頭

我點頭
不過
曾經你們的
家傳戶曉
記載

我翻了身
虛構
歷史裡
再繼續
酣睡

一九九一年。阿罕布拉

譬如時間

——寫在「河傳」出版前

為橫橫著的牆
為糾糾纏的網
為浩浩瀚的愛
為白白去的髮
一
行行
一
行行
的仿宋斜楷圓隸
一灘灘中明粗黑
口口吐在螢光屏
深深為領眼標題
淺淺為引意語言
直待提升至靈魂

那等高的懸崖上
你就是那試翅人
空
茫
裡
拔
身
躍
下
猶鼓動拍擊無涯
且企圖死死抱著
譬如時間

一九九一年九月九日。阿罕布拉

妳之元素

一隻手沿著胸膛逆數
左右兩排肋骨
少了一根
果然那便是
妳之元素

奧義者卻在
他照著怎麼樣的鏡子
雕刻你的忸怩
浮凸如骨董

我想
大概與哈哈鏡之類
不無關係吧

一九九一年九月八日。加州

一首詩之寫成

一首詩寫成
霍地推案而起
所謂主義
所謂解構
現代後現代云云
在我長身剎那
猝然從巍峨的鷹架翻落
壓痛了
指指點點
口吐白沫
好幾名　下面的
詩評人

一九九五年五月十六日。加州

手語

這是風
穿行林間
你的手滑浪我髮上
的節奏

我知道
並且告訴你的眼
我律動的愉悅
那是淚

這是陽光
棲遲我鬆敞
風衣上
我蜷伏你氣息中

鳥
飛下來
停在我舒展的掌上

我知道
並且告訴了你
我湲湲流向的感覺
無悔地不會回頭

一九九一年十一月十九日。加州

致四十五歲

驟然天空擴闊
風景圓熟
從兩端的消逝點間
一株樹於秋日
驚訝於豐盛顏色
苔蕪乃至
鳥雀　曾經風雨及葛蘿
顧盼為超現實構設
胸域展開
蓮生的湖藻荇的海
讓你伏在其間
髮和流水盪漾半側的臉
耳機一樣
聆聽一艘機輪開出去
沉沉馬達

舵齒咬著年輪
啞啞的自轉聲

一九九一年十一月廿四日稿
一九九二年四月十日修改

給梵谷或我

處男式向鏡子示愛
鏡子
愛理不理
羞慚地以其碎裂的顏面
割去右耳
索性滅口
那笑聲
曾經美麗而諷嘲
如靜物
戴上一男子的絨帽
鬚髮蜎生
在天空
翻飛的鳶尾花
眼光落向初戀
毛玻璃外的變調陽光

祇有那些雲
翻捲糾纏地思維
最終不外把自己絞殺
樹是火的形態
熊熊焚鍛自我
成為風景至陰暗部份

風陰暗的吸引
來自槍膛
奧義如一首詩
寫自我從山上的墓地歸來
那時正以高速穿越
一隧道
筆直瞄向晝夜的天靈蓋

一九九二年四月十四日

寫意水墨

你
聽見？
那
點滴聲音
冒上來
時候　揮灑之意態
然後　黑
便回返池塘裡去
煙一樣
潸潸齧咬著
你潔白的裸的背
沿住微血管
漓散的
那痕水意
我
是

後記：秋原擅書法，從費城到此流連經月，大家常聚首吃喝談詩。某日，天南地北之際，取出筆墨寫了在座各人的詩；斯冰「風景」、陳銘華「老樹」、陳方圓「迴」。由我配畫，說此為日後「新大陸現代詩書畫展」之預展……

一九九二年七月下旬

公園二首

午睡

起始覺著透紗的聲響
綠頃刻繡遍了
草倏地生長如叢林
那些性急的
已然透越和衣的背胸
繼續
成長為楓為松

繼而聽見均勻鼾息
起自身側
那賁張的鼻翼微微振著
猶漬有來時燠熱汗水
蓄勢欲飛一　蜨蝶

我想　我們都不能動彈了
鬢髮手指肋骨
也不想
就容那女紅的針法
刺我們成一帖交疊的紅葉吧

飛盤

噗地
落在球鞋
和
遠足鞋間
嫩黃的飛盤從手開始
星際旅行去了

我們臥著也好坐著
環悠悠轉開去

光影拂動裡往回
那擴大無限槎椏
雄踞的昆蟲
龜裂宇宙
旱涸河流
從手開始
那輪迴

噗地
落在球鞋
和
遠足鞋間

後記：Granada公園形如一小盆地，地底草坪蒼翠開闊，坡上楓松疏落蔭影其間，常有人在這裡滾坡，擲飛盤遊戲。

一九九二年八月十四日

X編號信箱

在廣袤原野或沙漠，我豎立了一個小屋的信箱，精緻地孤立在漠漠平遠扣住橫走的地平線。

過路人經此將詑異聯想，極目眺望尋找人的家屋。每個人張望從自己的內心方向。離開的渴念回去，沒家的繼續流浪。

時間裡，地平線外，風和沙裡，安樂椅中，遺囑內卻記載了一個莫名的信箱。他們曾經打開，未經允許，那扇虛掩的門。

而後，接受了終生困惑和懸記，窺祕後的莫名疑宕。裡面什麼也沒有，也沒有什麼……

一九九二年三月十六日。加州

觸——給T

我調度自己
溶入仰望的座標
首先考慮
還是不要給你任何干擾
落日　楓林
記憶如床笫茸茸
軟草
溽熱時挑逗著癢

我的脈流沿著心跳
地層經絡
泓展肢體渾成
觸及
你
坐在我胸懷間
仍然孩子們手裡的風箏

從我眼眶飛
出
去

後記：這詩探討你我常說及的生與死問題。這本是生命中最平淡的事，正如快樂和痛苦原是愛情必須兼備的因素。年少時的錯失，中年時的再遇相知，無論幾多憂患，現在我們都只有感慰。心是一椽小廟，你去了或我去了都祀有神在。

一九九二年十月一日

山的傳說

我在你的眉際失足
那厚密的林木
把一聲驚叫封藏
如祕密
惟有心跳流傳
悸慄於迷信的我的族人間
月滿時節
殺生
或以女子的貞血
渲染我之存在

一九九二年八月十六日

冬日之歌

飲下我
飲下一道跌宕的火
冬日冷冽棲遲衣袖之外
陽光軟軟運行
系列展覽
從血管婀娜至
你頰間
是莫內的印象日出

果然
你的感覺不錯
是我、呵氣、體溫
如一醰冬酒
以泥漆封口幾經節令密藏
遂有色如琥珀

且快意如刀
沒入宛轉柔腸

俄而你的感覺靈驗
那是我吧
蘧蘧然覆身斗蓬、呵護的
手套、盤摟度熱頸巾
須臾不忍離去
在冬日的冷冽裡漫行
一卷詩集久久握著
的背面
因為火遺有汗漬的三痕指印

一九九二年十二月四日。給你寫的生日詩

索馬利亞二首

等待

世界靜止它的開合旋轉
太陽靜止它的騷動
我們在等待
如兀鷹
守候一種熄滅
蒼蠅在等待
一滴水最後嘩然湧出

視覺和感覺
兀鷹和蒼蠅
我們相知於等待
呵，等待
呼和吸之間的距離剔除

餅食

是的，我們無從畫餅
餅與鹽已然是
一種流傳
如體內的水聲漸凝漸歇
卻有一種機能
不死於飢饉
活躍如戰爭
是權力階層飯後的新陳代謝

一九九二年十二月十三日

我的裸體

對於我來説
你始終是一節傳奇
像斑斕的紋彩
曾經漬在我寬薄的單衣上
然後　我穿著出海

就是那色澤
以藻類黑礁暗流調理
為我身上的膚肌
以星圖月份季候之分布
城市風格為記憶
以水族為兄弟
以漂瓶為宣洩
以浪得可以的船
——為姘頭

對於我來說
鹽的意義不外一撮泥土
泥土不外洪水
洪水不外一張覆蓋被褥
於其中
斑爛過的單衣蝕入
我的裸體
然後
坦蕩蕩穿著它出海而去

一九九二年十二月廿九日

主題

我們的快樂
以及
不快樂曾經是哲學主題
兩個人在水邊
悠閒閒地或
機鋒地恣意談論他人隱私

袍袖拂動如水紋
話語冒失
直如你我傳遞的氣泡
子曰乎子曰
唼喋乎唼喋

我們的快樂
不快樂
直接有了完備設計

罐食和氧的分配
亭台樓閣
一針溫度計柔和亮著
背景絕對清涼藻類
景深架設在
空間固定的水族箱裡

一九九三年元月十七日。加州

船民

「我們已經民主，外間一切混亂。人們沒空討論你等國籍，諸如著陸細節，祝幸運。」

我棄去一管牛扒
　沙律和一管dessert哈蜜瓜
完成午餐然後剔牙
以每日例行的電傳抹嘴
雖然我們憂心忡忡
民主以後的問題
一如擔憂自己日益高漲的性慾

西方的消息焦點著失控的糧價
廣場上的人民亢奮
發表了從來沒這樣多的話
口形擴張開合如吸盤

特寫愈搖愈近
我委實擔憂
淡出前定會一併將我們吞噬

外邊動亂著時間
暴民那樣砸碎一種主義
越過光年
迫壓我們禁閉真空的艙門
星塵漫遍
伊娃，我的妻
我開始眷念我們的公屋
雖然不時塵埃蒙蓋
甚至我懷念那種煩惱
必須填寫大疊表格和排隊
購置一部吸塵器

還有　我們不勝負荷的床以及
家計所需的保險套

接受我們的呼號
指示著陸點及方向
立刻處理所屬國問題
不要中斷聯繫
請，請，不要中斷
　　請，不要……

宇宙沉沉
液體般滑過的星團拍擊
在不可測忖之堤岸
俄而濺起流雨
一切膠著　宇宙和寂寞
時間和脈流

我嘗試擴大呼吸的張力
爆破失控的合圍

我想
我必得宣布漂流
以一艘難民船船長的名義
尋求泊碇
黑洞或者任何
從而建設
經勞改之外的元年

後記：報載蘇俄聯邦各國紛紛尋求政治獨立，氣氛緊張，可能爆發內戰，一艘在太空進行工作的飛船上的飛行員及科學家正面臨回航地球的降落地份及國籍問題的困擾。

一九九三年三月六日

空下的籃球場留給誰

賽事完了
空下的籃球場留給敗葉散步
吵啞的嗓音講及
秋來天空
以及風箏關係
扁癟的汽水罐張著口
——只有聽的份兒

你坐在最邊邊緣線上
溶解無力的悲哀
等待什麼呢？重響的哨聲麼？
身後的草冉冉升長如寂寞
和夜霧以潮濕的腳印
進入半場
說
這是我們的時間

真的不知道
空下的籃球場留給誰
留給夜色咀嚼吧
失色的賽事是一場愛情瘧疾
病過了　球和你依然完整
只是虛脫得要命
只是
有種慾望對向空蕩裡
嚎——

空洞、空洞
空——洞
回聲反彈自月亮
飄起的洩氣球體

漸次
一盞一盞燈火的那端
亮起熄滅

一九九三年九月二日

臉

那人失措地背身過去，倏然當我闖入寂靜無人的洗手間。他用隻手整理褲子的拉鍊，它似乎有脫軌現象，怎麼弄也弄不好。

我對著壁鏡撥弄頭髮，梳理那突如其來凝住的時間。我們重複各自的動作，重複著，重複著，就是不願正眼看看對方。

幾乎同時進入抽水馬桶的間隔，把門扣上，舒了口氣，做自己想要做的。

聽到一絲輕微喀嚓聲響，那時我正準備開啟耳背後的開關，調順裡臉的肌理。它因為長期的反逆運作、抑制、妥協而瀕臨暴亂邊緣。

事後，我們終於正式打了個照面，微笑著招呼。在進入宴會大廳的甬道中，他禮貌地越過我前行，步履輕鬆，有一種排洩後的暢快。

我看見，那人光滑整齊的長髮末梢稍微撩亂。那部位，正在耳根隱蔽的背面。

一九九三年三月廿三日。加州

龍的商籟體

一條龍在曝曬自己
我以我的背脊
對向太陽
企圖蒸發環節與環節
傳統之間霉味

勒格勒格連串微響
那陣輕雷沿住
盤錯眾山的腸道飆車
挾著呼嘯氣流
衝向缺口

結果是一條龍在曝曬自己
懶洋洋地在高處

噗的
放了一個深層意象的屁

一九九三年八月廿二日加州

坐禪

那女人
曾經在寂寥的長廊上款擺曼行
在我十三初度
夜讀紅樓的風暴地帶上
穿著貼身黑裳掩映
乳房柔和聳著情愛
另個堅挺著
死亡

她盤蜒在我深邃夢裡
哭泣
把髮揮旋如一條裙子

一九九三年十一月廿七日。加州

摺紙遊戲

A

失控的一首詩
投擲自己入虛無
氣流裡莫知地滑行
再以一聲分貝之外的音爆開始
續完祂的運行

一九九三年十月十三日

B

我是飛不起來的
天知道
摺紙人從指尖

居然把敗壞和哀傷侵蝕
一古腦兒注入翱翔姿態

一九九三年十一月七日

C

久矣，我擅於此道的族人
早已把他的巧手作炊
以及忙於釀酒
深怕技癢時再把捨割與訣絕摺入
海和天乍醒乍睡的眼縫內

一九九三年十二月十三日。加州

釋詩

餐桌上　倒持著瓶子
鹽花在高距離
的陽光滑柱裡爭先恐後
落入茶盅
一分鐘後　他對圍坐的人
說
　這是時間
　　纔剛完成的一個自我
　　　阿門

一九九四年元月一日

躲雨

陽光和雨
碑　以及投影之間
一節靜默進行的交談
我們的呼吸和氣息堅持
距離
程度之親密如背靠那棵樹
正以枝葉篩漏陰暗
和風雨
你則以一臉謙沖的忍耐
等待
苔蕪慢工細琢把滄桑完成

一九九四年六月九日加州

生命四題

死

還　是　不　捨
一手捻熄整城市的燈火
離去之前
孕育的一首詩等候面世

生

以背泳的姿勢追逐
一縷光
流動的宇宙裂出後
這世界給我
擠逼、牽扯
上了力學的第一課

病

錯服一帖陽光的顏色
從窗外遠山漂浮
至眼前　你們
從花香裡站起來
一抹綠
裊裊淡出去

老

一根手杖支撐住
自我的偉大
黃昏來了
戀戀顧盼龐碩的投影

一九九三年十一月一日

如果來到舊金山

如果來到舊金山
我的髮散亂
在風中翻閱帙帙鄉愁
逼近的浪相互糾纏
好白的一大片諾言
依然淡出在愛情和飄泊之間
一鷗鳥歛翼衝刺
射向企圖拴住落日的水平線

循著延伸網絡回去麼？
大海堅持其固有的習性
吞吐事故甚至
龍骨稜稜的船以他咀嚼的唇
我們可還原些什麼？
輔幣投入曩昔
尋找茫茫傍海市鎮

的一面窗
就像搜索一艘屏息的潛艇

某隻手扭滅燈光
柔柔引記憶墮入盲點
鄉愁便是等待
這樣子敞張著一面網了

一九九三年十月七日。加州

我們倏然沉默下來

吻

我們倏然沉默下來
風裡語言流散
蒲公英裝備了滑翔傘子
迫降在仰望
因而深沉的天窗

讀

碑會娓娓述說
我們倏然沉默下來
戰爭和我們一樣
經常在墳墓的拱臂間
完成程序繁複的性行為

聽

把座位向前調
後廂方丈得可以說法
我們倏然沉默下來
諦聽一顆星熄滅
遠遠的墮水聲

越

夜隨時可以黑上來
或者白下去
如心脈之跳停
我們倏然沉默下來
摒住氣　穿越其間的斷層

崩

那陷落回應如雷
麻癢隨之攀緣而起
苔纏的身子正等待完成
浸漫水的刺青
我們攸然沉默下來

一九九四年三月三日至四日稿。加州

元月報告（Kobe Jan 17 1995）

神是一年不如一年了。更年期的緊張達至歇斯底里，使他愈發潑婦——擦著牙，滿口牙膏仍然可以罵街，並且繼續舊約行為。

在他的碁盤任何角落，他恣意搞亂任何一局，只要他恚怒或喜歡。究其心態不願看見秩序生長，文明失控於其掌握。

北嶺是一個好例子，眼前神戶是嚴重行為。而且預測他會更震怒，因為人沒有瘋狂並在他指掌間重建學校、市場，沒有人為的火、搶劫……。那些挖屍的怪手在坍塌城市的廢墟裡上落，一把把掘在他的掌上，鮮血淋漓。

這是神閉經後第一次血崩。

一九九五年元月廿四日早上。加州

盛宴三首

甲・杯

當然　我必得到來
誰教是盛宴裡
　註定的杯子
　必須被注滿
　必須被虛脫
　必須
　承受嘴唇
　最最
高潮迭起吮觸而
　　迸
　裂

而且
作為一灘血的必須
結局　窩心濺在
花邊畢挺的白禮服上

一九九四年八月二日。加州仁愛醫院

乙·面具舞會

從末尾的章節開始吧
越過其間過門
或許
隕落的星軌可以因此延長
讓你足夠思慮
有時間　許願

而且　作為擁抱的
一雙手
不得不準備分離
一旦休止的音階到臨
面具
必須連著皮肉即時
翻起

一九九四年八月二日

丙・煙花

魚們在天空
魚們的鱗片在天空
魚們的鱗片散落在天空
魚們的鱗片散落在沉沉移位的天空

我們相互祝飲
祝飲的唇瓣和眼波在杯底
在杯底層層剝落和漾散如尾尾的魚
尾尾的魚無休止地迸射自己所有的鱗片

（我們沒頂
相繼在默默無聲
　　　　夜
的大河裡）

一九九四年八月三日。加州

我　聽見
悉索衣裾
撩動的聲響

我　聽見悉索衣裾撩動的聲響

時間把自己穿著過的皮囊
連同心事掛在
昨日的樹上
宣示某種秩序
終止
或者遞換如時裝
連同
我身上刺青的
青滲滲那個女人
軀體像水律動
將她的眼波攪動為一尾魚
穿游血管而款擺我心臟間
企圖脫控於皮層

固然，對於這些
已經無能為力
我　凝止像口窗
楞楞面對空茫
不為自己的意志而開向
但一切仍然騷動
如我聽見　清楚地
　聽見
　　時間之蜕裂
　　蛇之蟠蜒
　　冰冽之夜流
　　刀一樣灸過我的神經
我　聽見悉索衣裾撩動的聲響

一九九四年十月十二日、十月廿八日修改。加州

國殤日無題

曾經硝煙裡
　堅持
　衛護
旗幟的屹立
曾經鋼鐵裡
　失神
　倒下
軀體的消亡
都回到綠草茸茸
宛如家居地氈
的墓園
旗兀然豎著
插於我們癱躺的軀體
戰爭依然流淌
在我們世代溶成的大地
我們

至於我們
不得不靜默
　沉思
旗所衍發的種種問題

後記：按照美軍隊傳統，國殤日前夕例必派士兵將一面面國旗插在阿靈頓國家公墓為國捐軀的將士墓碑之前，這一傳統從一九四八年起奉行至現在。

一九九五年五月廿七日

躺在牙醫椅上

掘墓人
趁著麻醉來襲即好動手
把氣泵，水龍一應機動器械
長柄鑿以及
鶴嘴鋤一概介入顱頦底層
現場燈光如熾
左右上下泓泓探入意識潛伏處
骨質和金屬碰撞割切
原音痺痺地嘶叫著
一台巨型的輪鋸滾轉陷入
火花迸濺的鐘乳岩層
掘墓人
就從相定的這一節下手吧
鑽下去並將哀痛
狠狠蛀死
大束大束的神經搐動

像一首情詩
輕薄的
一綷抽離傷感
句子損失其迴蕩
辛　楚　澀　酸
淚的感覺

一九九五年三月廿七日。加州

風想

非幡動，非風動，仁者心動也。

衣衫獵獵
摺疊驟起的鐘聲
早課經文兀自翻騰
如夜來輾轉一燈
靜默焚燃肉體
應無所住的
花
落在潔亮腦袋

阿彌陀佛
早年自由飄灑的

髮

自在無礙

一九九五年

貓及其他

滿挽的
弩　閃瞬的弧度
越過牆　以及
光的差距
最終的完美
在於把探燈
　　關上
黑　歸還於
　　完整
濃夜

一九九五年六月廿五日清晨。加州

番石榴樹　次篇

偶爾轉側　葉影
便變更刺青的位置
額上　臂上
甚而恣意嚙著
弧度袒露的背彎

那是一株時常結果的
番石榴樹
澀時淺青　熟時
絳紅帶有澄黃的核籽

他唯一癖好
從午後到黃昏
收藏琴聲和
耳語的隱私
然後

拖著露台倒影
送你上遠眺的樓頭
我摩托車的後燈
明滅在夜霧
以外　層層木林子

一九九五年三月十五日

榴蓮

迴腸的三公里路上
我和雨競相疾走

我想
在雨裡回來真好
最少你不覺
風塵狠狠橫越
我著意修飾過的臉上
忙不迭印乾髮緣的漬水
寬衫晾在
木樓當風的窗檻

在雨裡回來真好
我想
那忙亂是一種沁透的憐惜
你竟然失覺了

挽回來的一束香息
三公里外的
留連在
爐火的背光面

一九九五年三月十五日。加州

一口窗的五種景緻

（一）霧封

雲的姊妹們
絕早便湧至窗臺
隔著玻璃喧囂
那些白皙而擠得變形的臉
如著了魔
在一場米高傑克遜的演唱會裡
我把帷幕落下
免得那些尖叫煽情
慫恿我捨身躍下

（二）雨來

序幕是輕擂

隱隱沉沉鼓的定音
惹得蹄聲　馬匹
被風勢所驚而嘶喊
這便是兵法裡的拂曉攻擊麼？
趁夜來思鄉失眠
鐵和血漸次解溫於
誰家越錚
的一曲「邊疆晚雨」裡

註：〈邊疆晚雨〉是越戰期間，南越政府禁止公開演唱的歌曲之一，理由是靡靡之音會瓦解將士們的抗戰意志。

（三）月升

似乎
所有的聚光燈都一一熄滅

賽事完了
勝者敗者從熱熾
和灰冷裡整頓賦歸
縱然
The game is good game
徒然拉鋸了好幾個OT
最後還是暮鳥四散
只有旁觀如我者
發覺那黃澄澄的
球　不因寂寞而
冉
冉
自升

一九九五年三月廿三日

（四）晴放

陽光
先是一記鈐印
猛地捺住
左上角
的白色建築和棕櫚之間
遠山悠悠從夢裡返回
還略滲宿醉的紫淤
俄而　陰陽立判
賓主分明　布局是
上方留著無極的青空
懸住
　　腳下千鈞的房子和樹
這便是你

由時間背後
寄來的明信卡麼？
風暴數天
怪不得色差顯得那般兀突

（五）日正

靜止還原於靜止
喧鬧騷動是沒有倒影的
凝鏡在日正當中
似乎只有
一些蒸發的意象
企圖搖動境緻
時間　固體的一條水
滯流於感覺間
我突然想起時下一窩蜂的詩

題旨如落花
墮溷墮茵儘管煞有介事
不妨從題目略開去吧
　　水落在下
石出在上
你說
所謂隱題詩者
當如是讀

一九九五年三月廿四日

後記：一九九五年三月底患直腸癌，手術後每月必須住院四至五日作化療。醫生說療程一年。今年三月底照例住進阿罕布拉市仁愛醫院，算算時間我在這裡已十進十出了。院內清靜，每個病房建築格局和擺設大同小異，但都有一口大窗可供遠眺近觀外邊景緻，這組小詩就在不同的病房面對每口不同開向的窗醞釀寫成的。每次入院，我都背了一個背囊而去，那樣子像是去露營，囊裡除了必需品和衣物外，全是書籍，詩集和校選給詩刊的稿件。我住的是單人房，一切活動都不會影響別人。讀書、看電視、聽音樂、寫詩、校稿皆自由自在，唯一的牽繫，是靜脈血管裡拖住針藥，長長的塑膠軟管盡頭連接兩座藥控器，使我頓覺人的軀體皮囊不過是在死和生之間飄飛的紙鳶，而生和死的那種牽繫往往薄弱，祗須輕輕一斷，豈非更大自在。

一九九五年三月廿八日

酒令

俯仰都顯得景觀深邃
瓶裡間的影子
在鯨飲
豎立之瀑布
空虛而
沉默地歌唱
漸次釋困自圓顱頂端
的一個自己
綽約向著
垩壁
飛白

一九九六年四月十一日。加州

海難

我們擱淺在相互
的情慾上
交疊的龍骨
身外　是整尾癱瘓了灘岸
仍然有潮汐激越以後
一湧一動的手指
拍發

一宗海難

0號浮標漂浮著
在倒顛的額際
髮　漾游的水母
　我們最終與水
　　　　　　虛
　　　　　　弱

為平伏的線條

一九九五年十月十八日。加州

行香人

大河側身
流逝自合十的掌隙
轉折間　以碎玉的音響
濺濕我單薄的袖

衍舒的
只是信手詩行
仍然撩在行香途中
仍然
是髮在千潯之內
生息隨著
　　　　浪伏
浪起
是未全僧的心

每次離別
都是當年慣用方式
不著言語　衹以
一泓霧裡上路的眼色追隨
空濛肯定是空濛了
未卜註定是未卜
我去　當攜帶整囊的好酒出去
那些酒
真的　好得沒法言傳
卻是用珍藏的祕方釀製
加以飲時獨門招式
　　把自己
　　　飲入宇宙
　　　　　同大的孤寂

一九九五年

開關

沉澱時刻我閉上眼睛
咿呀咿呀咿——呀
它的門窗——打開
整個世界
從寂靜裡海拔

當我一把自己
的空間關上
信手扯下簾帷
宇宙即從身側漫展
無垠捲摟著
海、聲音、失重的
牆、閃光的、蛇的
時間
和星塵擴散
的自己是

一撮陶土從眩暈中再度形成
擺切
以及一種定位

每當撳按這樣一個
開關
所有罪惡如同
聖潔
都暴亂經歷一次自慰

一九九六年五月七日。加州

晚上，和叫做寂寞的你去蹓狗

蹓著狗
狗放著　我
和　叫做寂寞的你
在長街那些樹
和樹之間

我喜歡失重的飄蕩

一個掏空的囊殼
沒有著陸意識　沒有
方向倏左
倏然而右快時快
慢時缺了汽油
的雲
擱淺但拒絕降落

在長街那些樹和樹之間

只有你緊緊摟住
在模擬的風裡
密貼像皮膚
那時　所有的聚光燈都一一熄滅
在不斷圓擴邊緣的足球場裡
以我們的狗作核心
宇宙鬆開手間的牽繫
放其與寂寞共同飄升的風箏

一九九六年五月十五日至六月卅日

手術檯的另度空間

——悼詩人梅新

誰都知道，手術檯的面積和棺材十分孿生。空間，不外是躺身上去就所剩無幾了，比一張單人床還要吝嗇。

當你被往前推，走廊上的一方方燈飾從鼻頭一一殞落在你生殖器的後端，那邊是張大了嘴的黑洞，等待將以前和現在的一切完全接收。你被停下來在升降機之前，按鈕，把親人的臉色隔離，然後，升上去如攀另度空間。

其實手術檯是結了冰的一面海，預謀了走著走著就會下陷的結局，就會聽見湧動排擠而來的靜默，漿一樣黏吮著你。而且有一隻似乎的手硬把你往下拖，待你掙扎又稍後放鬆，最後，還是扯將下去。不著力的飄墜，浮游，經過冷冽的水層，漸次進入濕溫的渦道，四周有羶腥的氣味，從黑的黑裡散發開來。

我自自然然蜷曲起來，以生命最初的姿勢。

其實手術檯是女體子宮。一些蒙了表情的刺客下手一刀，在你身上陰暗沒刻生字的起首和死字的始筆。劃出一道回返的途徑，你便從生理的狀態返回精神的內層。沿著隧道一樣的水漩前探，追逐著漂浮明滅的光斑，失重於一面鏡的裡邊。我看見我自己，赤裸的泳者，在藻叢間往返浮游，有時張口喊叫，但是無聲。似乎也覺得我的存在，你向我游來，直至避無可避地面對，在你不斷擴張的瞳仁裡，我看到愈來愈清癯的自己。

髮開始無可抑止地生長，以及鬍子。最終你必得穿越另莽阻路的藻叢去飄泊或搜尋。

後記：這詩寫成在我手術後的第四日。十月十一日在家裡接到秀陶的電話說：梅新已在昨日過世了，心裡懨懨。記得三年前梅新二次來洛探女兒，大家聚在一起吃韓國烤肉，飲米酒、啤酒。打開詩的話匣子，談鋒如亂箭，四下漫飛，好不過癮！他和秀陶是老友，是香醇的米酒。我們卻是新交，是易拉罐中的異國風味的啤酒，無論怎樣多飲都一樣「ＨＩＧＨ」的。梅新曾提議說：這些日子退休下來，大家設法組團到越南去，在那邊的大學辦幾次詩朗誦和講座會。這是好主意，衹是他走得過於倉促，而且去的地方又太遠了。除了悼念，一切不及。

一九九七年十月六日初稿
一九九七年十一月中旬定稿

天葬以後

儀式圓滿以後
我終於站了起來
看見那些人以布帛擦手
在山風裡整理衣帽
然後　穿越過我的身體
毫無所覺地
三三兩兩陸續離開

我知道
鷹群就要到來
羽翼劃裂天空的胸域
噗噗　噗噗噗
我聽見　朽敗的剁啄

我
正敲叩著

緊掩的橫在高邈的一重門
說　我回來

一九九六年十二月廿四日。加州

手

曾經有雙手
使河水豎立為夾道
讓所有的信者
穿越

曾經有雙手
纏紋成為印結
而眾生等待
過渡

所有的手
在火和水中往來
鑄煉裡燒烤苦澀
沖激裡洗滌原罪

一九九七年十一月廿一日。加州

Generation X

從帽簷邊瞄準太陽
墨鏡稀鬆覆蓋
乳暈之上
昨夜她們有段難忘的旅程
像雲霄飛車在一雙大手裡驚呼
蜜糖　你不必告訴我
你的名字
　Fox, Ulysses, Clifford
或者　Kenneth
那是一種牽累　對於我
最好我們不作任何記錄
陌生人　除了你背上的抓痕
　我頸間的紅腫
當我們各自穿著整齊
那些事件不過是曾經的

一九九八年一月廿七日　加州

眼睛

當我十七歲的眼睛凝望
你是我五十以後的前景
經霜而淡恬
時時冥想或者
跟風開自己的朗誦會
葉子們隨意詠嘆
那時我喜歡常常把手臂儘可能伸長
丈量前方
我要走過遙遙遠遠
家鄉麥田以外
的以外

現在
我騎坐在矮牆上頭
腳下的狗尾草因為風的路過搖它伸高的尾巴
仰面望你

卻是我十七歲時候的顧影
你把手臂刺向天空
激情地歡呼？責問？麥田以外還是漫漫長夜
無法走完的以外
終於　我回來
因為一個未經邀約的朗誦會

一九九八年四月四日

等待究竟是什麼？

1. 等待是……

……

…………

………………

………………………

2. 等待是……

一冊沒有頁碼的書
翻過一頁一頁
又一頁一頁
從未及細看他的內容

3. 等待是⋯

擱淺自己在水裡
長頸瓶三分一的身體
張口向天空
什麼？什麼也沒法說

4. 等待是⋯

任由
一座孤獨的塋墓
野草東一片
西一片胡亂塗鴉
每一刻

石碑引頸張望
每一秒

一九九八年四月十八日

往事

那女人，聲音是一支響箭穿過空氣和敞開的玻璃窗，中的在我聽覺裡。我停下來，讓車子泊在街心，我走近她，打量她一身鴉色的衣裳散發柔潤的黑。

我賣往事，必須賣出。她說，聲音是一管笛，舉起手捧的一匹髮。因為它讓我蒼老！那匹髮斑駁而風霜的在她手上流動著。我啞著聲說：我買了。她抬起頭來，我來不及細看她的容貌，就一頭撞入濃密的眉叢裡，兩列暗夜裡浮動的山巒，她的眼睛深寒、凜冽的潭。我失足跌下去，濺起炮彈在田野上插秧的故鄉、土地是一個張大而空洞的口、一雙彈著鋼琴的手、離別時緊擁的手因不勝負荷而低垂不作揮別……。

我挽了那匹髮，回到車裡，開動之前，我在後望鏡內想要看看那女人，卻倏然發覺鏡內的我，皺紋橫過額上，髮斑駁如往事。

一九九八年五月二日凌晨五時

美學

我被行走的雲一下子撞個滿懷。那女人穿著長長的白裳，裸露著足踝，是一媧雲在低氣壓下貼著沙灘漫遊，足印是一泓泓的浪花。回家後，我在浴室裡的鏡子上看見右側胸膛上有一個M字的凹痕，我想，那是雲的胸口針吧，Memory是一種美學！

一九九八年四月三日。阿罕布拉

第八日

……上帝歇了祂一切創造的工，就安息了。
——創世紀第二章第三節

翌晨，我著手
展開我的創作
以痛苦為骨
喜樂為肉
慾和潔淨
為生命紋身
並且趕及在子夜來臨前
竣工
　是為第八日

一九八九年。加州

百葉窗

天空割切為條紋的風景
遠山和樹在其間鋸著
自己及它的葉子
一隻鳥飛過
頓成後解構主義
關乎生命的析離
不單祗一次
把它一紋紋
以滄桑後的淡泊
一格格砌圖還原

一九九八年六月九日

釋

我的背面是一片藍
沒有投射的影子
影子　一逕地動亂著
企圖掙脫我腳跟下的痴纏
在天光下自由行走

清淺的綠在背後
葉子借著風
把晨間顛覆為午後
露珠摔下來
雀鳥四散飛起
時間
為了釋放自己
碎了一地

一九九八年六月十八日

致葛瑞菲絲

我看見你
在終點的風裡
一個起飛的衝刺
大概是
一九八八年吧
半頁偷渡的剪報
從資本主義的港口出發

像你
我們都想飛
在充滿神話和監獄的半島上
像剪報　像蝴蝶
那樣穿越無法想像的氣流
或者　以被磨損的
速度突破一種禁制主義的空間

那時
在一個記憶裡仍叫做西貢的城市

後記：Florence Griffith Joyner黑人女運動家一九八八年在漢城奧運會奪得一百公尺及兩百公尺冠軍。衣著豔麗，留著長長塗滿彩繪的指甲，腕間、頸上甚至指間亦戴著珠寶飾物，出賽時形象獨特加上速度驚人，傳媒冠以「花蝴蝶」綽號，一九九八年九月廿一日熟睡中癲癎症猝發，窒息而死，年僅卅八歲。

一九九九年十一月中旬定稿
一九九八年九月廿五日

井

我踞坐底下望天空
天空　一管圓柱的延長
最美麗的雲是黝黑的
探首在我深層
深層是水漾的鏡面
容易破碎
容易毀壞你汲水時俯臨的臉容
梯子般垂下的髮辮
最容易碎的往往是最美麗的
——我越獄的設想

水桶　轟然墜下

一九九八年十月廿一日。加州

從一匹頭髮想起

從一條頭髮的彎度
白成蘆花夾道的鄉路
轉折回到曾經國土
你在彈窪裡弔唁倒影
無以名之的游魚冒上來
爭噬著
你戰時的少年面孔

從一管頭髮的密度
中空成越洋的墜道
時間　站在彼端
蒙著臉露出凝神的眼睛
看你在浪的白牙出走
鹽漬在鏽蝕的身軀
風不停撩撥昔日的黑髮
一片流亡的土地

龜裂著
你中年麻痺的臉孔

而後從一匹頭髮想起
那人在井前滌洗的體態
虹和拱橋的線條
在木杓的水聲裡拔起
你後現代的扭曲塑型

一九九八年八月十五日。加州

經常的來客
——致死亡

面對著你，我仍然活著，無異幽了你一默。
當我不在的時刻，幽默了自己。

我知道你會來
你會來　遲或早的問題而已
因為你是經常的來客
企圖偷竊我的記憶
趁著完全軟弱的一刻
有時候　你坐坐就走
或者我們以沉默聊聊天
但你的眼神總那麼專注我的
等待它光彩殞滅嗎？
而且拒絕我預備好的飲料

我知道我家的
茶　帶點香味的暖
咖啡是燙口的濃郁
而你屬於冰冷的
我昂高的談興讓你沒趣
當你訕訕地要離開
我只好打住話頭　說
……有空再來

一九九八年十月十一日

風情系列

裁衣

那女人
把天空的亮光收集起來
曖暗的雲彩佈在沁涼似玻璃的藍調上
然後以未抹口紅的唇
善於嵌鑲的手斷顏色為碎片
連著宿命
collage在入夜微寒的雙袖上
襟袷間鍍銀縐邊
是一扇貝　露宿在月光的淺灘

琴衣

提琴埋在
　　殘盡的樂譜間

樂譜掩蓋在
　　金縷的壓線中
隱匿的魂魄
　　在花房後廂
堊壁是背景
　　彩鑲的長衫掛在
秋日空蕩蕩的蟬聲裡

貼衣

彷似匆匆趕赴歷史的盛會
顏彩燦爛
淒麗如落紅

在火裡重生
在血中，迴旋

傾瀉的春日
是節慶

粉飾悲情夢魘
一把弦鏽的琴，嗚咽
唱著無聲的歌

音符種種
留給寂寞歲月
輕輕挑，柔柔貼
慢慢，慢慢訴說從前

後記：有幸藏得王育梅碎紙畫一幅，作品主題是中國婦女穿著棉衣，色彩極為華麗；棉花似構圖，卻藏有提琴一只及散佈音符。其畫背景所採用顏色，彷彿是乾涸晦紅，乍然觸及，令人想起古老中國婦人悲怨苦情，直使心中戚戚。

故衣

千萬別要提起馬王堆
馬王堆　已是
前生前世的故事
我只想
幾畦自耕的野地
種滿似我身世的菊花
添些許色澤和香氳
在你研讀史書的房間
而我在燈下構思
怎生把故衣改造時樣
衿領間的貂毫滾條
染就霜雪顏色
沉吟間窺見

你
正匆匆翻過漢代的章節

驪衣

晌午在謐靜中怔忡
沒有任何事情發生
一片葉投身池塘裡
貓結伴越過窗檻
蜷踡在歷亂胸懷間
仍然　仍然謐靜
簾外垂柳盼望著風
沒有誰撩撥披散的長髮
銅鏡澄澄照影
一個女人慵臥粼粼河床中
喝了些許酒

無心再刻意梳妝
因為送別的繡金衣衫依舊
依舊染有昨天
一里又一里你環抱的體溫

後記：散文作家王育梅女士，多年來一向從事珠寶設計行業。最近參考古代仕女衣飾以現代拼貼畫法以粉紙及油彩繪合嵌鑲成一系列衣的風情。每襲衣飾經過她巧手的撕剪併合都展示了不同創意，似乎每襲衣裳都有一個迥異的故事涵蘊其中，我嘗試以「風情系列」的詩作來揣測她以衣說書的構思。

一九九九年元月十九日。加州

皮草紀事

歷史專注的在石壁刻劃
苔蕪背著濕冷而紀事
時間擺弄陽光如積木
——最初的一領皮草
大雪封山後的某日於焉完成

獸樣的男人、粗礪的指掌
搓了又搓把籐藟捻為細繩
串綴食餘的毛皮
用曾經刺痛腳跟的牙刺
縫合成披掛
蒙蓋他心愛的獸
火　自搥石的手勢竄起
暖意摟緊她屈臥胴體
他想　望著微霽的天色
我心愛的獸呵

為什麼還不從寒冷中起來
帶了銳石的裝備
我們走出去
繼續漁獵在大地和溟海

一九九九年元月十八日。加州

春衫

是誰？
能夠將新裁的長衫晾起
雲的高度裡
是誰？
能夠將光陰色素的衣袂
隨著氣流放成鳶鳥迴轉
飛翔攝印原野、河流、山川
荷蕊芰菱田田間游梭雙鯉魚
衫的右側一把琴
幽怨的扯著流水的衣袖
拖拖拉拉返回大海

甚而
是誰能夠？
挪達利家鄉的藍空
超現實的移往異域某個時代

因為這已經是春天
忍不住的雙手
翻亂一切的可能
時序　流光　你的欲望
還有有一度
二度
三度
四度
乃至無限度空間

一九九九年二月七日。加州

春衫側想

搖擺的天空
晃動的平野
護城河以外極目的地方
哪裡是茅頂泥壁我的家？
迎風的春衫薄薄
蹭著宮鞋企圖把鞦韆蕩得更高
朱色重牆鎮鎖望鄉的夢
夢是倒迴的拷貝
色差恍似輕籠玄白的兩層羽紗

昨夜蟋蟀料峭鳴叫
月光在井欄細鋪玉霜
花徑迤延繞不過禁制院落
記憶裡也有一隻蟋蟀
在灶旁蛐蛐喚起炊煙

招惹耕人歸去
從落霞鍍邊的壟塍間

一九九九年二月十日。加州

玉衣本事

主人，在你出鞘的劍下
讓我娓娓説完
屬於女人的心底憾事
然後，請賜我一盅酒
混拌藤黃、牽機、砒霜或者鶴頂紅什麼的
一如你恩賜這襲金縷玉衣
而且將以華麗的結局
湮沒殉亡故事

我已敷罷濃粉
加意的翠黛眉眼
主人，你大可放寬懷抱
毒液的湛青和其間的辛祕
斷斷隨著我的盛妝永久掩埋

兩千翡翠細琢精磨
平徙的、凹凸的、曲斜的或者
拱伏如海貝緣著我的體態造型
許多的諡封與誄頌來完成
我的葬禮顯赫你手握的權勢
主人，其實我嚮往的
僅僅一件皂白屍衣
以及不外一個小女人需要的
單純真實的愛情
一晌邂逅的歡愉
夜夜守護禁苑的幽靈武士
在廊柱殿角隱密處
以激情開始
卻以自己的佩刀終結
你袍袖君臨的暗影下
——最後的逾越

穿過環跪的宮娥們
一位帝皇的假泣
我必得懾出去
堅厚的東牆
深邃似井的院落
梨花落盡不開的重門
尋找在人群喧鬧的市街中
我
行走
以相等於空氣的重量

一九九九年元月十五日。加州

造化告詩人曰

某日造化告詩人曰
　進入文學史之前
　準備一支筆
　穿好式樣劃一的屍服
　撰寫神而化之的墓誌銘

詩人們立刻忙亂起來
度身訂造禮服
用正楷恭寫族譜以及洋洋灑灑簡歷
並且
整整齊齊排好隊
等待點名

廢墟的另一邊
一個人正全情跟繆斯造愛

激發詩的淋漓精血
用規格以外的一支筆

一九九九年二月廿三日。加州

之前

——給DT

洪水之前想及火
城破之前想及愛
灰燼之前想及手
手是昨夜撤離的夏日
執著一莖自焚的玫瑰
越過季候的邊界

河涸之前想及雪
燈滅之前想及雨
死亡之前想及你
你移動在光影反差裡
掠起遠近記憶的囂塵
透逾宿命的藩籬

這一切
這一切之前已經許諾

時間窄門中
我們牽手走過呼和吸的斷層

一九九九年三月四日。加州

戰袍

火光　火光
箭矢　箭矢
埋伏的旌旗搖撼著風
驟雨喑啞了漫山嘶喊
矛鉞和刀劍相繼折損
靜默中
葫蘆峽谷敞開深喉
吞噬下
不為史載的一役

祇有舊時的戰袍
掛在素壁之上
和鎮以經卷的
鎖於玄鐵鑄就長匣中的
斷劍知曉
十萬甲兵下回章節

而且　每逢風雨晦日
袍上血鏽殷然
劍錚鳴像曩昔

撫著剃罷圓顱
青湛間橫截泛紫痕疤
木魚裂著的口楞楞
竟日裡卜卜卜　卜卜卜卜
一切隱在經文之內
　不可說　不可再說

一九九九年二月廿六日。加州

慾——黃綾九龍褶褂

至於
關乎井的傳聞
那是另一個女人在深宮
眾多故事中流傳的一則另類
而情愛於我
早已是枯渴的乾屍
謐殮在渺遠青春期的棺柩內
從此不再為尊稱朕者而流淚
而讓朕者為我的喜怒而戰慄

蟠虬著黃綾彩繡褶褂上
九魚龍曼衍著張爪
攫住直立蟒水激盪著的歷史
正如隱住小小馬蹄袖間的素手
套住長長純金指筒緊緊捏住

一切　整個宇宙
被一飢渴的女體深陷的擁抱

一九九九年四月二日。加州

茶與滑板

品味一盃茶
在飛揚的滑板上
漸次一闋歌
沉澱下來　靜止的漩渦中
我們的眼神彼此專注
漸漸如此地
溶入水的膚色間

而愁苦慢慢鬆解
喜樂徐徐開放
皺葉徜徉水裡舒展最初豐潤
經久的煉壓不單是
渴的詮釋吧

你的唇說
　　是澀的便是澀了

你的唇說
　　是甘的便是甘了
最後你說
　　為什麼一切淡而無感呢？
那便是滑板的日子
　　一闋歌的結尾
低徊　最終完全解構

一九九九年十月十九日

錐立

夜溺淹著
裡裡外外濡濕著
我
臉色遺留河流的反光粼粼自記憶倒梳

夜
棲遲在肩膊上
安全地將我們斗蓬
並且瞑想自己
是一身畢挺禮服的大鴉
在曠漠野地裡錐立
觸接浩瀚
宇宙迴旋輻射的資訊

二〇〇〇年四月廿五日。加州

癌

昨夜聽見一陣驚叫
微渺墜入深遠漸成歎息
鏡裡升起了光暈
圓坡的頭顱遺有苔蘚痕跡
斜撐著大半個太陽
兩隻肩膊之上

髮　悄悄的原來已開始其行程
乘著放射線的頻速
從枕間以至衣領
如蒲公英　等待風
紛紛攘攘趕路去漂泊

我
披著晨褸坐在院落裡
餵鳥

小白狗翻滾在腳邊
癌
這騷潑的始終不倦地廝纏
六年以來
讓我的情人瘋狂妒忌

二〇〇〇年七月四日。加州

後記

秋原

陳本銘的紀念詩集得以出版，首先要感謝詩人的太太李美庭女士把本銘的遺作授權出版。詩人的人生遭遇充滿不幸：從越戰，勞改，罹患癌病以至過世……作為詩人的太太，美庭一直陪伴著本銘走過不少坎坷的路，承受了不少壓力與挑戰。在此由衷地祝福她。

感謝詩人的女兒約媞、妹妹黃陳茵麗與高陳蜜麗女士對出版詩集的支持。當然，更感謝詩人的母親陳芝蘭女士對本銘的愛護與教育，感謝她對文藝界朋友的包容，成就了陳本銘這樣優秀的詩人和相關的文藝活動。謹此祝福她平安吉祥。

本詩集能夠出版，更要感謝詩人方明的熱誠協助。詩人對越南華文現代詩長時間的關心與積極投入，致力於史料搜集與研究，並發表論著：《越南華文現代詩的發展——兼談越華戰爭詩（一九六五年～一九七五年）》對越華現代詩的歷史意義與文學價值作出肯定，貢獻重大。謹此敬謝。

對這本詩集出力最多的人是趙忠中先生。作為本銘的摯友，他不僅為詩人遺稿的文字與電腦處理，付出心血，他的友愛與支持，讓詩集的出版變成可能，非常的感激他。

在此要感謝「存在詩社」的兩位摯友詩人仲秋與銀髮熱誠的支持。感謝詩人黎啟鏗、方圓、區劍鳴與女作家王育梅的鼓勵。同時，也要感謝詩人荷野、陳銘華提供資料和關注。更要感謝很多愛護詩人「藥河」陳本銘的朋友，不僅在詩人生前對他關愛有加，甚至在他辭世後仍然念念不忘，也為了這種因緣與情誼，使這本詩集變得更有意義。

最後要感謝秀威出版社，讓本詩集如此精美的出現。

詩人陳本銘很早便開始現代詩創作，也積極參與不少文藝和社會活動，個人的交往幅員更大，由於時空跨越逾半個世紀、東西半球與政治因素，因此，相關的文字、人、事、物……都有刪略，漏失與謬誤的可能，我個人要負起全責。同時也盼望有識之士和朋友包涵指正，讓湮沒在時間裡的文字與人、事、物日後能夠盡量還原，也算是對詩人在天之靈一種交代與安慰吧。

讀詩人25　PG0823

溶入時間的滄海
──陳本銘紀念詩集

作　　者　陳本銘
責任編輯　黃姣潔
圖文排版　鄭佳雯、姚宜婷
封面設計　陳佩蓉

出版策劃　釀出版
製作發行　秀威資訊科技股份有限公司
114 台北市內湖區瑞光路76巷65號1樓
電話：+886-2-2796-3638　傳真：+886-2-2796-1377
服務信箱：service@showwe.com.tw
http://www.showwe.com.tw
郵政劃撥　19563868　戶名：秀威資訊科技股份有限公司
展售門市　國家書店【松江門市】
104 台北市中山區松江路209號1樓
電話：+886-2-2518-0207　傳真：+886-2-2518-0778
網路訂購　秀威網路書店：http://www.bodbooks.com.tw
國家網路書店：http://www.govbooks.com.tw
法律顧問　毛國樑　律師
總 經 銷　聯合發行股份有限公司
231新北市新店區寶橋路235巷6弄6號4F
電話：+886-2-2917-8022　傳真：+886-2-2915-6275

出版日期　2012年10月　BOD一版
定　　價　390元

Printed in Taiwan

國家圖書館出版品預行編目

溶入時間的滄海：陳本銘紀念詩集 / 陳本銘作. -- 一版.
-- 臺北市：釀出版, 2012. 10
面；　公分. -- (讀詩人 ; PG0823)
BOD版
ISBN 978-986-5976-65-1 (平裝)

851.486　　101017330

讀者回函卡

感謝您購買本書，為提升服務品質，請填妥以下資料，將讀者回函卡直接寄回或傳真本公司，收到您的寶貴意見後，我們會收藏記錄及檢討，謝謝！如您需要了解本公司最新出版書目、購書優惠或企劃活動，歡迎您上網查詢或下載相關資料：http:// www.showwe.com.tw

您購買的書名：＿＿＿＿＿＿＿＿＿＿＿＿＿＿＿＿＿＿＿＿＿

出生日期：＿＿＿＿年＿＿＿＿月＿＿＿＿日

學歷：□高中（含）以下　□大專　□研究所（含）以上

職業：□製造業　□金融業　□資訊業　□軍警　□傳播業　□自由業

□服務業　□公務員　□教職　□學生　□家管　□其它＿＿＿

購書地點：□網路書店　□實體書店　□書展　□郵購　□贈閱　□其他

您從何得知本書的消息？

□網路書店　□實體書店　□網路搜尋　□電子報　□書訊　□雜誌

□傳播媒體　□親友推薦　□網站推薦　□部落格　□其他＿＿＿＿

您對本書的評價：（請填代號　1.非常滿意　2.滿意　3.尚可　4.再改進）

封面設計＿＿　版面編排＿＿　內容＿＿　文／譯筆＿＿　價格＿＿

讀完書後您覺得：

□很有收穫　□有收穫　□收穫不多　□沒收穫

對我們的建議：＿＿＿＿＿＿＿＿＿＿＿＿＿＿＿＿＿＿＿＿＿

＿＿＿＿＿＿＿＿＿＿＿＿＿＿＿＿＿＿＿＿＿＿＿＿＿＿＿

＿＿＿＿＿＿＿＿＿＿＿＿＿＿＿＿＿＿＿＿＿＿＿＿＿＿＿

＿＿＿＿＿＿＿＿＿＿＿＿＿＿＿＿＿＿＿＿＿＿＿＿＿＿＿

請貼
郵票

11466
台北市內湖區瑞光路 76 巷 65 號 1 樓
秀威資訊科技股份有限公司 收
BOD 數位出版事業部

（請沿線對折寄回，謝謝！）

姓　　名：______________ 年齡：________ 性別：□女　□男

郵遞區號：□□□□□

地　　址：______________________________

聯絡電話：(日) ______________ (夜) ______________

E-mail：______________________________